辛酸

田中正造と足尾鉱毒事件
新装版

城山三郎

角川文庫
22709

目次

翁の初めて鉱毒問題を議会に提出したるは、明治二十四年にあり。爾来《じらい》議会の開くる毎《ごと》に同問題を叫破《きょうは》せざること莫《な》く、議論一たび鉱毒に渉《わた》れば、輒《すなは》ち翁の鬚眉《しゅび》、異様の活気を帯び来り、瞋目戟手《しんもくげきしゅ》と相応じて、怒罵《どば》百出し、其《その》神激し気昂《きたかま》るに及んでは、音吐破鐘の如く、唾沫《だまつ》四方に飛び、一道不穏の狂熱、沸々《ふつふつ》として満身の毛孔より噴射するものの如く、眼中また政府なく、議会なく、唯《た》だ無告《むこく》憐《あわれ》むべき鉱毒被害民あるのみ。

質問また質問、怒号に次ぐに怒号を以《もっ》てして、声調次第に激越を加へ来り、終《つひ》に社会の耳目をして、鉱毒問題に集中せしむるに至り、因循《いんじゅん》たる政府も、亦省覚《またせいかく》する所ありしかども、其鉱毒に対する施設は、到底翁の希望に副《そ》ふべくもあらず。是《ここ》に於《おい》て翁は、議会に叫号《きょうごう》するの無益なるを悟り、断然代議士を辞して、鉱毒被害地方の一平民に返り、明治三十四年十二月十日、帝国議会開院式臨幸の時を窺《うかが》うて、鳳輦《ほうれん》に直訴するの非常手段を執れり。

抑《そもそ》も翁の鉱毒問題に奔走せる、前後殆《ほとん》ど二十余年、当初翁と志を同うし事を共にせる徒にして、最後まで運動を持続せるもの、幾何《いくばく》かある。或《あるい》は権勢の圧迫により挫折《ざせつ》し、或は財利の誘惑によりて軟化し去り、其否《しか》らざる者も、気《き》饑ゑ力索《つ》きて、復《ふたた》び蹶《けっ》起《き》するの勇なし、翁独り其間に挺立《ていりつ》して、終始一日の如く、健闘を続け、之《これ》が為に財産を失ひ、交遊を失ひ、地位を失ひ、窘難窮苦《きんなんきゅうく》の中に困頓《こんとん》するも、心頭曾《かつ》て鉱毒被害民を離れず、谷中《やなか》村買収の事決せし後も、眷々《けんけん》として其善後策に鞅掌《おうしょう》し、余力更に治水問題を研究して、地方百年の長計を確立せんとせり。

（『成功雑誌』大正二年十月号）

第一部　辛酸

一

襦袢《じゅばん》をぬいで真裸になった正造《しょうぞう》は、ほおっ、ほおう、と吠《ほ》えるような声を立てた。焚《た》きつけていた宗三郎《そうざぶろう》は、思わず顔を上げた。

暗い古綿を浮べたまま寒々と暮れて行く空に、正造の大柄な体の輪廓《りんかく》が浮き上っている。骨組みはがっちりし、腹も突き出ているが、足腰の肉はいたいたしいほどの削《そ》げ方である。

正造はもう一度吠えた。その声の分だけ、白い息が夕闇《ゆうやみ》の中に流れる。凍《い》てはじめた空気におののき、七十近い体からは自然にそうしたうめきが出てくるのだ。

「すまんのう」

大きな水音がして湯しぶきが宗三郎の首すじに飛んだ。正造の体をのみこんで、円筒形の湯気が動く。

宗三郎は榛《はしばみ》の枯枝をくべた。煙が強く眼にしみてくる。視線を外《そ》らすと、その先、かつての湯殿の礎石のかげに、ちびた下駄《げた》が片方だけすててあるのが眼についた。蜘《く》蛛《も》の巣にまみれ、灰黒色に変っている中に、鼻緒がわずかに朱を残している。母のものか、それとも祖母のはき古したものなのだろうか。宗三郎は、別の枯枝でたぐり寄せようとした。

「いいお湯じゃ」

湯気にうるんだような正造の大きな声がした。

「家の衆より先に初風呂《はつぶろ》に入れてもらっては、申訳ないのう」

「こんな……。何が初風呂です」

はげしい宗三郎の口調に、正造は黙った。かたく凍《い》てた夜気に、火の音がはじける。

「湯加減はどうでしょう」

「結構、結構。ありがたいほどの湯だ」

湯気の中で、正造の特徴のある慈姑頭《くわい》がゆれた。伸び放題の蓬髪《ほうはつ》を藁《わら》で結んだのが、芽を出した慈姑のように見えるのだ。

「こんな初風呂なんて」

宗三郎は、またいまいましそうにつぶやいた。

七月はじめ強制破壊でこわされてから、宗三郎の一家は堤外に残った勇蔵《ゆうぞう》の家まで、月に三、四度もらい風呂に行っていた。だが、冬も迫り、乳呑児《ちのみご》を抱えて往復一里近くもある道を出かけて行くのはいかにも大儀なので、破壊をまぬかれた風呂桶《ふろおけ》を思い切って野天にすえて、焚《た》くことにしたのだ。広い洗い場のついた、村でも指折りのりっぱな湯殿をむざむざとこわされ、その跡でのふるえながらの野天風呂である。

誰のものともわからぬ古下駄を、宗三郎は手荒く炎の中にくべた。

「お前さんのところで風呂によばれようとは、思いもかけなかったよ」

いたわるような正造の声が降ってくる。宗三郎は反撥《はんぱつ》して、

「風呂なんて、水と焚木《たきぎ》さえあればどこでだって……」

「そういうものじゃない」

正造の声に、はじめていつもの重みが戻った。

「風呂を焚いてくれるのは人間の心だ。心のゆとりだ。これほどひどい目に会いながら、なお人間の生活を護《まも》ろうとするお前さん方の心がうれしいのだ」

さとすというよりも、正造自身がそのあたたかみを自らたしかめている口調であった。宗三郎は顔を上げたが、深い夕霧と湯気で慈姑《くわい》の先が見えるばかりである。声だけが流れてきた。

「村のことさえなけりゃ、このままここで成仏したい。きっと極楽浄土へ行けるぞ」

「とんでもない。こんなところでなんか」

「わしは村で死にたい。谷中《やなか》の村で死なせて欲しい。どこの水塚のかげでも樹のほらでもいい。この村で野垂れ死したい。村以外にわしの死場所はない」

「でも、田中《たなか》さんには佐野《さの》の家が……」

宗三郎は、佐野町で人に教えられてのぞいて見た正造の生家の家構えを思い出して言った。谷中救済の資金づくりのため抵当に入っているその家では、継母と夫人の女二人が帰るあてもない正造の留守を守ってくらしている。

「あの家はばあさんのためのものだ。ばあさんが亡くなれば、わしには用はない」

「奥さんは？」

「あれのことなんか」

正造は吐きすてるように言った。宗三郎はむっとして、

「でも、奥さんが……」

同じ屋根の下に住むこともなく、四十数年結婚生活を続けさせられている正造の妻が、若い宗三郎には不憫《ふびん》でならない。正造はまるで妻の存在をかえりみない。ことさらに蔑《さげす》み捨てておくことに、よろこびを感じている節もあった。宗三郎はそうした正造

の一面に腹立ちさえおぼえる。それほど運動に熱中するくらいなら、なぜ結婚したのだ。自分はまだ十九だが、自分なら決して結婚はしまいのに。

　宗三郎は、そのことについて正造と議論したかった。四十いくつも年齢はへだたりながらも、正造はいつも自分を一人前の話し相手にとり扱ってくれる。だが、奥さんのこととなると、正造はたちまち口をつぐみ、不機嫌さではじけんばかりの顔になる。口にするのさえ沽券《こけん》にかかわるというように。それには、いくらかの理由がないのでもないのだが――。

　宗三郎の心の中をよぎっているものを察して、その質問の先を封じるように、正造は湯の音を立てた。

　背後から、兄の宗吉が呼びかける声がした。

「宗三郎、湯加減を訊《き》いただか」

　水に備えて土を小高く盛り上げた水塚。九間に六間半という大きな構えだった家は跡形もなくこわされ、崩れた壁土と礎石だけが空しいひろがりを見せている。その先に、兄夫婦が立っていた。

　宗三郎のうなずくのを見て、二人の姿は消えた。冬を控え、仮小屋をたたんで、一家は穴ぐら住いに移ったところなのだ。二尺ほど水塚を掘り上げ、萱《かや》で編んだ網代《あじろ》が屋根代りにかぶせてある。二坪足らずのその穴ぐらが、四十坪の家に住んでいた六人家族の住いである。家具も調度も畳さえもない。それでも、篠竹《しのだけ》四本を立て蚊帳《かや》を釣っただけで青天井の下で寝た破壊直後に比べれば、いくらかはましな住いといえるだろう。

　枯枝を折る宗三郎の腕に、しだいに力が加わってくる。枝の折れる音そのものが、あの光景を呼びさますのだ。

　二百人を越す警官たちのサーベルを下げた白い制服。狩り集められた人夫たちののしりさわぐ声。家財道具が次々に屋外に放り出され、屋根茅《やねがや》がはげしい音を立ててめくられる。祖父の代につくられたさし渡し一尺以上もある黒光りする大黒柱。安政《あんせい》の大地震にもびくともしなかったその柱に鳶口《とびぐち》が打ちこまれ、ロープがかけられ、あざけるような掛け声とともに倒されてしまった。舞い立つ土ぼこり。位牌《いはい》を抱いてぼう然と壁土に埋まっている家族。しかも、そのぶち壊しの費用までこちらに払えと言うのだ。

　すべてが国家の名で、国家の手で行われた。強制破壊にあった谷中堤内十六戸の残留民が国家に対して何の害をなしたというのだろう。かつて一反あたり八俵もとれた富裕な村をここまで追いこんだのは、足尾《あしお》銅山とその銅山資本家の言うがままになっていた国家の方ではないか。鉱毒被害反対の急先鋒《きゅうせんぽう》に立ったこの谷中村を買収し、遊水池として沈めてしまおうという策謀。中央政府の示唆《しさ》によるその計画は、深夜、警官に守られた秘密会で県会を通過し、日露戦争で壮丁たちが大半は召集されて行った留守をねらって実行に移された。水害でこわされた赤麻沼《あかまぬま》に面した堤防はわざと復旧せず、たまりかねて村民自身の手で村債を起し仮堤を築くと、県が人夫を傭《やと》って壊し、その破堤代も請求してくるという始末。示された水没補償金は、田一反《たん》三十五円という安値、墓地は一坪三銭三厘とハガキ二枚の代金である。低湿地で無収穫であるからというのが、その理由であった。堤防を壊して水の流れこむままにしておきながら、無収穫を口実にする。県はさらに追いうちをかけてきた。四十年には、前年の三十八倍という税が割り当てられた。村民による築堤費、県による破堤費の分担もある。凶作つづき。無気味に口を開けたままの堤防。憤りよりも不安が先に立った。居たたまれず買収に応じ、村民たちは離散して行った。

田中正造を中心に最後まで残留を決意したのは、四百戸中わずかに十九戸。それだけに、殺されても谷中を離れぬという執念一途《いちず》にかたまった人々であった。その中、堤内にある十六戸に対して、県が法律の名によって報いたのが強制破壊である。移転先もきめぬままに、一挙に十六戸をぶち壊し、野天の下に放り出した。狂人の居る家も、鉱毒のため寝こんだままの病人のある家も、乳呑児《ちのみご》を抱えた家も、容赦はなかった――。

湯の音がきこえなくなった。腰を浮かし、湯気を透して見る。風呂桶《ふろおけ》の縁に頭をあずけ、正造はうすく眼を閉じていた。手拭《てぬぐ》いが、いかにも不安定に慈姑《くわい》の芽の上にのっている。片方だけ大きい左眼の奥に一筋見える黒瞳《こくどう》には、柔和な光が宿っていた。買収問題が起ってからは神経過敏気味で激怒しやすく、容貌《ようぼう》もけわしくなっていたのだが、いま湯気の中に見る顔は童顔そのものであった。口もとの縦皺《たてじわ》にも深い安らぎがある。

宗三郎の胸の中に湯気が通ってきた。昂《たか》ぶり激していれば、心はひとすじの弓弦のように張りつめている。宗三郎たちの環境では、それはそれなりに一つの救いかも知れない。心が和《なご》むと、きまって、それとはうらはらにうつろな気持がひろがってくるのだ。世間はすでに谷中村問題は片づいてしまったと思っている。破壊された後まで、地に潜るようにしてねばっている十六戸のことを考えない。東京から来ていた学生たちも、すべて引き揚げてしまった。こうして、見る人もなく、勝つあても闘う手ごたえもないような闘いを重ねて行く中に、宗三郎自身の人生はどうなってしまうのだろうか。鉱毒水に浸ったまま、幹の髄までうつろになって立ち枯れて行った樹々のことを連想せずには居られない。次男坊で年も若い。その宗三郎のただ一度限りの人生が……。

五、六年も前であったろうか。宗三郎はやはり正造のために風呂《ふろ》を立てたことがある。湯気のこもった湯殿の中では、正造の顔は見えず、声だけがこだまのようにひびいた。

「……このままでは日本は近く潰《つぶ》れる。潰さぬためには、坊のような若い者がしっかりしてくれることだ。しっかり学問をして、外国へも行ってくるんだ。学問は農学がよい。経済学でもよい。経済ということをみっちり勉強してくるんだ。無知では救われないし、人も国も救えない」

それは、具体的に宗三郎の進学を指したわけではないかも知れない。しかし、その言葉が、宗三郎の胸に学問への灯をともしたことも事実であった。子供心に英雄のように思いこんでいた正造からじかに聞いた言葉だけに、強烈であった。

だが、それから泥《どろ》まみれの戦いの歳月、正造は二度と就学のことを口に出さなかった。学者の無能をののしり、〈百人の学生中、人民を救える学生が何人居る〉と笑う。〈万巻の書を読むより、土を食って育て〉とも言った。正造の本心はどこにあるのか。若い働き手で筆も弁も立つ宗三郎を、手もとから失いたくないのではないか。正造に認められようと子供心に発起して、書にも励み弁舌を練るのに努めたのが、宗三郎自身の人生にはかえって仇《あだ》となったのではなかろうか。

あたりにはじけるような音がするのにも気づかず、宗三郎は物思いにとらわれていた。

「雨じゃないか、宗三郎」

正造の大きな顔が、湯気の中から突き出て言った。霰《あられ》かと思われるほど大きな水滴が、首すじ、つづいて手首を打った。体を立て直す隙にも、氷雨《ひさめ》は立てつづけに炎の中に音を立てる。散り残った公孫樹《いちょう》の葉が、たたき落されてくる。水塚をめぐる熊笹の茂みも、いっせいに気ぜわしい音を立てはじめた。家々がなくなってから、雨の音も、雨にこたえる草木の音も、ひときわ荒《すさ》み立つ感じであった。

荒蓆《あらむしろ》の上にぬぎすててあった正造の着物を、宗三郎はとっさに胸に抱きとった。傘《かさ》を持ってこようにも、家に一本あるだけである。それも穴ぐらの屋根からの雨漏りを避けるため、一家六人がその下に頭を突っこむためのものだ。体で正造の着物をかばい、中腰になったまま宗三郎は立ちすくんだ。

「わしはどうせ湯の中だ。早く、早く屋根を手伝ってやれ」

雨漏りを防ごうと、兄夫婦があわてて網代《あじろ》の上に藁束《わらたば》や戸板を重ねている。泣き出した赤ん坊と、三歳の姉娘を背と腹にかかえて、老母もうろたえている。

「早く行け。助けてやらんか」

正造にどなられ、宗三郎は中腰のまま飛び出した。老母の体を押して穴ぐらに飛びこむ。抱きついてくる女の子を引き離す。正造の着物を置き、その上に蓑《みの》をかぶせて外へ出た。かなりの大降りとなって、兄夫婦はすでに水をくぐったように濡《ぬ》れている。雨にむせぶようにしてありあわせの藁束《わらたば》を網代《あじろ》にかぶせ、穴ぐらに戻った。幼児も赤ん坊も、どこかつねられているように泣く。

「田中さんを迎えに行かにゃ」

同じ言葉が、老母と兄の両方の口をついて出た。兄嫁をまじえて六つの眼が宗三郎を見る。

「でも傘が……」

穴ぐらの仮屋根いっぱいにひろげていた破れ傘を、老母は惜しそうにたたんだ。仮屋根を透してすでに雨滴が漏りはじめている。姉娘が泣き声をはり上げる。そのとき、

「おう、おう、かわいそうになあ」

湯のにおいとともに、素裸の正造が入ってきた。兄嫁があわてて眼をそむける。

「ご無礼するのう」

正造はくしゃみしながら、宗三郎のさし出す着物をふやけた手にとった。

赤ん坊がひきつけるように泣く。

「雨が降ると、寝られないことがわかるんです。だから、こんなにうるさく……」

兄嫁が弁解するように言う。

「強制破壊の後は、毎晩雷雨つづきで、ほとんど一週間もの間、眠れなかったんです。すっかり瘦《や》せました。房助《ふさすけ》さんとこの子は、死んでしもうて」

兄の宗吉も言葉を添えた。誰かをとがめるというよりも、試練のあとを嚙《か》みしめている口調である。

素裸の正造にびっくりして黙りこんでいた姉娘は、正造が古袴《ふるばかま》をつけ終ると、外へ出て行くと見たのか、

「おじさん、連れてって。あたい、雨きらいだよう」

「よおし、よし。気の毒になあ」

正造はうるんだ声で言い、髪を撫《な》ではじめた。そして、ふいに顔を斜めにふり上げると、

「国賊どもめが!」

ひしゃげた右眼から、斬《き》りつけるような光が散った。

しばらくは戸板に当る雨音と、赤ん坊の泣き声だけがきこえた。

老母はふと気づいて、

「田中さん、傘の下に入って下せえ」

正造は頭を横に振った。

「わしは蓑《みの》を貸してもらおう」

「蓑？」

訊《き》き返しながら、宗三郎は雨滴を吸いはじめている側の蓑に手をのばした。

「みんな困ってるだろう。わしは少し廻《まわ》ってみようと思うんだ。声ひとつでもかけてやりたいでなあ」

どこか甘えるような口調であった。

「この雨の中をなんでまあ。……傘の中に入って下せえ。すぐ止みますだ」

老母が止めにかかる。正造は黙って蓑をつけはじめた。

「暗くて道が危ねえですよ。おれ、お供します。兄さんの蓑借りて」

宗三郎は兄の顔をすくい上げるように見た。宗吉が眼でうなずく。

「田中さんには今夜は久しぶりで泊ってもらう筈《はず》でなかったかよ。それを……。すぐに止みますだ。なあ、田中さん、なあ」

老母は傘の柄を兄嫁に渡して、自信なく正造をひきとめようとする。

「わしはどうせ宿なしだ。明日にでも泊めてもらいに来ます。いや、ひと回りしてまた戻ってくるかも知れん」

「おっかさん、田中さんの好きなようにしてもらったがいい」

宗三郎が口をはさんだ。泣き声に耳が痛い。宗三郎自身、外に出たかった。たとえすぐ雨がやんだところで、穴ぐらの中に七人寝れるだけのかわいた場所はない。誰かがはみ出ねばならない。正造はそのことを案じているのだろう。宗三郎も正造と行を共にしたかった。夜どおし、谷中の村の中を歩いていたい。正造は野垂れ死と言ったが、うちすてられたこの廃村の中を、氷雨に打たれてさまよいつづけて死にたいと思う。思い切り身をいためて何かに復讐《ふくしゅう》したいような倒錯《とうさく》した感情が突き上げてくる。

老母と兄嫁がおろおろとりなす中を、二人は菅笠《すげがさ》をかむって外に出た。氷雨の縞《しま》を浮かせ、闇《やみ》はすっかり深くなっている。水塚のはしまで来ると、野天風呂《のてんぶろ》の湯気が漂い寄ってきた。

「初風呂が……。もったいないのう」

正造が一瞬立ちどまってつぶやく。湯気が横になびいた下で、風呂の火は熾《おき》に変っている。集めておいた枯枝も濡《ぬ》れてしまった。せっかくの風呂はこのまま冷え、夕餉《ゆうげ》の支度さえ怪しいかも知れない。人間だけが雨を避けるのにせいいっぱいの状態では、薪《まき》を納めておくところもないのだ。

二

はげしい雨脚に追われ、二人は水塚を下りた。宗三郎が先に立つ。横降りに顔をたたく雨に眼を見開き、行手の道をさぐる。夏の大洪水《こうずい》で逆流してきた利根《とね》川の水がまだ低地を浸したままで、村道でもところどころ膝《ひざ》までつかる箇所がある。灯もないので、気配と勘で道の高低を知らねばならない。そして、後から来る正造とは、息づかいのきこえそうな距離を保たねばならない。

「田中さん、危いです。ぬかりますよ」

「大丈夫。わしは大丈夫だ」

「右に寄ります。右に」

「わかったよ」

声を出す度に水にむせびそうで、正造はうるさそうな声になる。そのくせ、足の方は心もとないのだ。

宗三郎が黙ると、しばらくして、正造が咳《せき》ばらいして話しかけてくる。足を踏み出す度に、声が変る。

「また水かさが増すのう」

「…………」

「永劫《えいごう》に捌《は》けることがないのか。……いや、捌けさせてみせる。なあ、宗三郎」

「…………」

「遊水池は有害無益。現実がそれを見せてくれた。今度はわしらがその理窟《りくつ》を触れ廻《まわ》るのだ。有害無用、有害無用」

むせびながら呪文《じゅもん》のように唱える。宗三郎は背筋でそれを聞いて、歩いて行く。

鉱毒を運んだ渡良瀬《わたらせ》川は、藤岡《ふじおか》町との境を西から南に彎曲《わんきょく》して流れて、村の真南を一里下ったところで利根の本流に注ぎこんでいる。一方、村の地形は、北に赤麻沼の仮堤、他の三方を高台や堤防に巻かれて、小さな盆地を成していた。県はそこに眼をつけた。二つの川の氾濫《はんらん》する水を、谷中地内に貯《た》めて水害を防ごうというのである。

それは鉱毒事件の痕跡《こんせき》を消し、さらに鉱毒沈澱《ちんでん》の役目を果すふくみがあった。正造らはそのふくみを見抜き、水害防止のためにはむしろ利根本流をせばめている千葉県関《せき》宿《やど》の石堤を取りのぞくべきだと主張した。八月の洪水は、正造らの意見の正しかったことを示した。関宿でせばめられたため逆流してきた利根の水は、谷中村だけでなく周辺の数か所の堤防を破り、さらに利根本流の栗橋《くりはし》附近でも氾濫《はんらん》して、四十数か町村を水浸しにした。谷中は廃村となっただけで、遊水池としての役に立たなかった——。

水音とうめきが同時にし、ふり返ると、正造が片膝《かたひざ》ついていた。宗三郎は手をさしのべた。夜目にも白い髯《ひげ》がかぶりを振る。宗三郎は構わず、なお手をのばした。

正造がようやくすがってくる。湯上りのぬくみが消えた冷たい手。

「有害無益じゃ」

つぶやきつづける正造に体を寄せる。荒い息づかい。助け起したとき、眼の前に火のようなものが走った。雨脚が後からほの明るく浮き立つ。人魂《ひとだま》でも泳ぎ出たのかと思うと、

「ああ、田中さん」

若い声が叫んだ。カンテラを振ってあらわれたのは、背の高い青年であった。

「ちょうどよかった。お迎えに来たのです」

「迎えに？」

「父が、『今夜は宗吉さんのところではとても眠れないだろう。迎えに行って来い』と言うので」

菅笠《すげがさ》に蓑《みの》をつけ、小脇に傘をかかえこんだその青年は、堤外にあって強制破壊をまぬかれた残留三戸中で最も富裕な勇蔵《ゆうぞう》の家の養子、義市《ぎいち》である。宗三郎より二つ年長、弁も少しは立つ。

正造はちょっと困ったように、カンテラの灯に浮ぶ二人の青年の顔を見比べた。義市は一歩踏み出して、正造に寄り添い、

「宗三郎、それじゃ」

出ばなをくじかれ、宗三郎はぼんやり突っ立ったままである。

「ちょっと待て、義市。わしは皆のところを少し廻《まわ》ってみようと思って出てきたのだ」

正造が、強い雨に息苦しそうに言う。義市は、あきれたように、

「残留民全部ですか」

「全部とは行くまいが」

「この雨です。体にさわります」

「わしよりも、もっと体にさわっている人もある。雨だからこそ、廻ってみたいんじゃ」

「わたしはお伴します」

宗三郎はすかさず言った。

「それじゃ、わたしも」

義市は、宗三郎の顔をたしなめるように見てから、片手で傘をひろげにかかった。

「傘は要らんよ。そのまま持って行ってもらおう。途中、どこかで借りるかも知れん」

「え」

長い背を曲げて義市が訊《き》き返す。正造は、歩きはじめていた。借りるとは、どこかの穴ぐら住いの家族のために用立てたいということだろうが、家の破壊をまぬかれた義市にはすぐに通じないのだ。

義市、正造、宗三郎の順で、三人一列になって歩く。欅《けやき》の大木が黒々とそびえているところで、正造が声をかけた。小道を右にとる。雨脚が斜めになり、しばらく行って義市はカンテラを高くかかげた。

獣のような声が地の中から答える。三人は水塚を這《は》うようにして上った。仮屋根からすだれのように雨が漏る穴の中で、竹《たけ》右衛門《えもん》の一家がふるえていた。二本の破傘の下からよく似た九つの顔がいっせいに正造たちを見る。泣く元気もなくなった赤ん坊。ただれた黒い眼の縁。

正造は声をつまらせる。穴の中に床代りに敷いてあった藁《わら》は一面に黒く濡《ぬ》れており、この一家も、今夜は立膝《たてひざ》のまま眠ることになるのであろう。

正造は慰めようもないのか、

「雨はもうすぐやむ。しんぼうしておくれ」

赤ん坊の眼に向って言う。

皺《しわ》の深い顔をなおしかめて、竹右衛門が口を開いた。

「田中さん、救済会の方からは、何か連絡はありましたか」

正造は首を横に振った。強制破壊をきっかけに、東京の一部の上流階級の人たちの間に残留民を救おうという組織ができた。土地収用価格の不当さに対する訴訟《そしょう》を起すとともに、それを政治問題としてとり上げ、また義捐金《ぎえんきん》の募集もしてくれるということである。

「何も言うてこんのですか」

竹右衛門が焦立《いらだ》たしそうに重ねて訊《き》く。多数の家族を背負った戸主としての責任と不安。一すじでもいい、明るい光にすがりつきたいのだ。

「何も便りはない。わしらの態度を不満に思うとるのかも知れん」

「態度と言うと」

「残留していることだ」

竹右衛門は押し黙った。残留は、正造の指導というより、一同の協議できめたことなのだ。

救済会では、問題解決のためには、残留民も少しは県庁の意向に歩みより、堤外まで立ちのくことをすすめてきた。同じ谷中地内であり、耕作や萱刈《かやか》り、漁撈《ぎょろう》などにも大して支障はない筈《はず》だという。だが、残留民は受け入れなかった。その移住先の居住期間が六か月に限られており、一旦《いったん》、立ちのいてしまえばその問題がぼかされてしまうことを恐れたのだ。県には何度となくだまされた経験がある。

東京の救済会の人々には、残留民の気持がわからなかった。歩み寄りがなければ解決はないとして、あまりの頑固さに匙《さじ》を投げた恰好《かっこう》である。

「わしは一両日中に東京に行く。訴訟の打合せもあるし、救済会の早川《はやかわ》弁護士に訊いてみよう」

正造は、ことさら力強い声で言ってから、体の向きを変えた。雨垂れの音の中で、赤ん坊が思い出したようにしゃくり上げる。

「よしよし、正造がいつか敵討《かたきう》ちしてやるからのう」

背を向けたままで、正造はつぶやく。穴の中の光景を正視できなくなっている。感情の起伏がはげしいだけに、いっしょに大声を上げて泣きかねないのだ。それでいて、やはり一戸一戸訪ねて廻《まわ》らずには気がすまぬ正造である。

そこから藪《やぶ》ひとつ隔てて千弥《せんや》の家があった。千弥の妻は、鉱毒水のせいもあって、腎臓《じんぞう》を悪くして永らく寝たままである。強制破壊のときには、警官にボロでもひきずるようにして庭先へ連れ出された――。

濡《ぬ》れたふとんの上に、夫に背を抱えられて病人は半身を起していた。子供二人が、傘と雨合羽《あまがっぱ》で蔽《おお》ってやっている。

入ってきた正造に、病人は一度だけ光のない眼を向けたが、すぐうなだれてしまう。まだ四十を出たばかりなのに、髪は抜けて、老婆のようである。

「おかみさん、工合《ぐあい》はどうだな。……えらかろうになあ」

病人は何の反応も示さない。

「この雨じゃ、寝かせておくわけにも行かんでして」

千弥がぽっつりと言う。正造は腰を屈《かが》めた。蓑《みの》から滴がいく筋もの透明な糸になって落ちる。

「顔色がえらく悪いな」

「いつもこんな顔色です。田中さんには心配ばかしかけて」

正造が藤岡、佐野、さらに足利《あしかが》あたりまで入院先探しに奔走《ほんそう》してくれたことを言っているのだろう。どこにも慈善ベッドはなかった。

「悪いのは、わしの方だ。すまんのう、おかみさん」

病人は、紫色の唇《くちびる》をふるわせた。そのふるえが、なかなか止まらない。歯も鳴った。子供の一人が、背をさすりはじめる。

「雨はもうすぐ上るからのう」

正造の口から出るのは、天候の回復だけに望みをかける言葉であった。その状況では、どんな言葉も無効になってしまうことを正造自身知り、無力感に傷ついている。すべての私財を投げ出してしまったいまとなって、正造には雨と闘う何の力もない。しかも、それほど無力なのに、正造の戦意だけは少しもそこなわれていない。それを幸せと呼ぶべきか、不幸と感ずべきか、宗三郎には判断するゆとりがない。

千弥の家を出たとき、氷雨《ひさめ》は気のせいか少し小降りになっていた。村道に戻る。そのまま上って行けば、十五分足らずで堤外の義市の家に着く。

「父も待っています。田中さん、まっすぐ行きましょう」

義市がカンテラを振りながら言う。

「明日は演説会もあることだし、早くやすまれないと……」

正造は答えない。竹右衛門や千弥の家の光景が胸をふさいでいるのだ。寒さに口をきくのが辛《つら》いせいもあるかも知れない。雨は蓑《みの》を通して小さな針を並べたように肌《はだ》を刺している。湯上りの体には、いっそう寒さがしみるであろう。正造のまるい肩越しに、墨《すみ》をにじませたような森影が浮んできた。雷電《らいでん》神社の祠《ほこら》を抱いた森である。闇《やみ》がその上だけうすい。

宗三郎はふと思いついて、

「青年会で以前に田中さんからもらった割麦の余りを売って、金に換えました。その金で少しあの祠《ほこら》を直そうと思います」

「祠を？」

正造は足をとめて訊き返した。

「直すと言っても、羽目板を二、三枚張るだけです」

義市がつけ加える。宗三郎はせきこんで、

「お宮なら、県もうるそうは言わんでしょうから。そうすりゃ、みんな気がねなく寄り合いする場所もできるし、こんな晩には病人を移しておくこともできます」

義市を意識して、宗三郎の声は昂《たか》ぶった。各戸を廻《まわ》って寄り合いしていたのが、強制破壊後は堤外に残った義市の家はじめ三戸だけがいつも寄り合いに使われている。

そのことへの軽い嫉妬《しっと》もあった。

正造は歩き出しながら言った。

「それも一案だ。わしも病んだら、そこで寝させてもらおう」

「めっそうもない。田中さんひとりぐらい、わたしの家で……」

「いや、わしも気がねなく死にたいでのう」

宗三郎は、その正造の言葉に調子づいて、

「田中さんは野垂れ死が希望なんだ」

義市は、カンテラを振り上げた。

「宗三郎、田中さんに野垂れ死されては、わしらの顔が立たんとは思わんのか」

かたい声である。宗三郎はひるんで、

「でも、田中さんの希望なんだから」

正造は、二人の若者の仲をとりなすように笑った。

「野垂れ死といえばきこえは悪いが、天地自然のしとねで眠らせてもらうということだからね。それに、因縁の深い谷中村のすみで死なせてもらえば、わしにとって思い残すことはない」

「縁起の悪い話はやめて急ぎましょう」

義市がたまりかねて叱《しか》る。足をはやめながら、宗三郎はふっと正造の最期のさまを思い浮べた。宗三郎の読んだ限りでは、英雄の死には、それぞれにいかにもその人にふさわしい劇がある。田中正造は、村のどこで、どんな風に死ぬのであろうか。村民をかばって官憲に当ってくれた正造を失えば、残留民に即座に破滅が訪れるであろう。それは想っても恐しい日なのだが、正造の死のあり方への興味は否定できない。そうしたことを考えていることに、それほど罪の意識が湧《わ》かないのもふしぎであった。

村道から左に外れた六人家族の彦平《ひこへい》のところを見舞ってから、正造にせつかれるまでもなく、義市は調子づいたように、村道を背にさらにその奥にある大工《だいく》の栄五郎《えいごろう》の家に向った。

うすれた雨音を越して、家のかなり手前から栄五郎の何か言っている元気な声がきこえた。正造の顔にはじめてほっとしたような色が浮ぶ。そこには栄五郎の息子《むすこ》の嫁のハル、孫娘のミチ子の三人が住んでいる。栄五郎はからっとした気性だし、ハルも気が強い。正造にしてみれば、いちばん安心して訪ねられる家である。働き盛りの息子が死に、舅《しゅうと》と嫁と孫という淋《さび》しい家族構成も気にならないほどだ。

カンテラの明りの中に、五十も半ばを越した栄五郎の陽灼《ひや》け酒灼けした顔がのび上った。その後に、ハルと、三つになるミチ子の顔がのぞく。大工らしく一応板戸で仮屋根をつくってはあるが、穴ぐらの広さは一坪もない。やはり雨は漏るらしく、一家三人片すみに寄っている。

「やあ、田中さん、雨の中を実家《さと》帰りしてきたのかよ」

栄五郎の声に、正造も笑ってやり返す。

「御主人の顔が見たくなったからのう」

「さあ、ずっと通って……と言っても、これじゃ仕様がねえ。大工のくせに、もぐらのまねしてちゃ、はじまらねえや」

「いやいや、わしは今夜も籍だけ寝かせてもらおう」

正造は、戸籍の上では栄五郎の家に寄留している。寄留先がないと、浮浪罪に問われるからである。栄五郎の家を選んだのは、少人数なのと、栄五郎のきっぷが気に入っていたからだ。

以前、正造は川鍋某《かわなべぼう》の許《もと》に寄留していた。鉱毒反対では最も熱心に立ち働いた男であったが、買収問題が起るとたちまち鞍替《くらが》えして、村民の切り崩《くず》しに動いた。眼をかけて、戸籍まで預けていただけに正造の受けた衝撃は大きかった——。

雨垂れが栄五郎の角張った頰《ほお》の上に落ちた。手の甲で横に拭《ぬぐ》いながら、

「全くいまいましいや、田中さん。おれは後悔しとる。家をこわしやがった野郎どもに、なぜ一発食わせなかったかと」

強制破壊の日、栄五郎は研《と》ぎすましたノミの刃を二枚合わせて、執行官を刺すと言い張った。正造や、東京から来ていた木下尚江《きのしたなおえ》が交る交る説いて、やっと抑えつけた。人夫たちは、天井に火薬が仕掛けてあるというので、しばらく作業にとりかからなかった——。

正造は太い首をすくめるようにして、栄五郎を見守っていたが、

「このごろ仕事はどうだね」

「さっぱりだ」

栄五郎は他人《ひと》ごとのように言いすてる。

「大工だけに、あんたに残ってもらうことはよけい気の毒だなあ」

「とんでもないよ、田中さん。大工と言ったって、流れ者じゃねえ。代々、谷中の村で仕事をさせてもらってきたんだ。恩義というものがあらあ」

「けど、谷中にはもう仕事しようにも仕事先があるまい。出かせぎに行くにしたところで、ここじゃ、不便で困るだろうに」

脱落をすすめているわけではない。栄五郎やハルの気質から、気弱な言い方をした

方が彼等を奮い立たせることを正造は知っている。

「ばか言っちゃいけねえ。いくら大工だって、簾《すだれ》や菅笠《すげがさ》の編み方ぐらいは知っとる。それに、土を食ったって、ここを離れやしねえよ、なあ、ハル」

ハルは眼だけ大きく見開いて、黙ってうなずいた。

「昨日も分署のおまわりが二人来て、この屋根をサーベルで上から下から突いてみやがった。ボロ板でもおれが組んだんだ。雨こそ漏るが、サーベルなんぞにびくともしやしねえ。すると、こう言うんだ。『国家が買収し、国家がとりこわした以上、釘《くぎ》一本打っちゃいけない規則だ』と。『それじゃ露天でふるえていろというんか。寒空で凍え死ねというのか』とどなってやった」

「どなるだけならいいが、乱暴せんようにな。わしもかっとして県庁の役人に斧《おの》を振り上げたことがあった。ほんとにぶち殺してやろうと思ったが、巡査にとめられた。……しかし、いまでもその巡査に感謝している。あのまま振り下していたら、いまこうしては居られないし、村の役にも立たなかったろうからな」

そのときの昂奮《こうふん》がよみがえってくるのか、正造の頰《ほお》にはじめて血の色がさした。半眼に開いた眼に、しだいに兇暴《きようぼう》なほどの光がこもってくる。それは怒りがまだ消えてはいないことを示している。斧こそ振り下さなかったが、正造は一度は杖《つえ》で買収員の額に血を噴かせたこともあった。仲裁に入っている中《うち》、手もとが狂ったということで、警察は表沙汰《おもてざた》にしなかったが、かっとなる点では、正造には栄五郎をとがめる資格はない。ただ、栄五郎をいましめることで、正造自らを抑えようとつとめているのだ。

「田中さんは、自分ひとりで怒って、おれたちにはおとなしくしろとばかり言う」

栄五郎は不服顔である。

「それでいいんだ。みんなの代りに、わしに怒らせてくれ。問題が起ったときには、わしひとりですむ」

「それが気にくわねえんだ。おれだって、人民として怒る権利はあるんだろう」

「そりゃある。けど、お前さんには……」

老人二人の間に口論がはじまりそうなので、宗三郎は正造の袖《そで》を引いた。

「ああ、やめよう」

正造は大きな声で言った。宗三郎をふり返る眼が、いたずらを見とがめられた子供のようである。それでも、なお未練そうにつけ加えた。

「続きはまた明日の演説会でやろう」

栄五郎は腕を組み直して、

「田中さんの話より、おれは木下さんの方がおもしろいよ。何しろ威勢がいいからな。

おれにはぴったりだ」

首すじに雨が落ちたのか、ミチ子が高い声を立てた。母親のハルは取り合おうともせず、正造たちをみつめている。熱っぽい眼。宗三郎は、その視線が義市に向っているのに気づいた。そう言えば、ハルは舅《しゅうと》に似て向う気が強く、いつもしゃべりまくるのに、その夜はほとんど口をきいていない。

宗三郎は、義市の顔を見た。不自然なほど眼を伏せている。

そのとき、足音がして、もう一つのカンテラの灯が穴ぐらにさした。

「田中さん、早う引きあげてござらんか」

義市の養父の勇蔵であった。太い灰色の眉《まゆ》を寄せて言う。義市ははっとしたように、

「いま、帰ってもらおうと……」

「わしはまだ廻《まわ》ってみる」

正造は菅笠《すげがさ》を斜めにし、誰にともなく言った。

「ごくろうさん」

「おやすみなさい」

栄五郎とハルの声が背にひびく。ハルの声には、ひかえ目になまめかしさがこめられているようであった。

「おやすみなさい」

幼いミチ子も、まねて声をかける。正造は糸でもたぐられたように、体をひねり、

「おお、おやすみ、いい子だな。今度はじいさんが何か土産《みやげ》を持ってきてやるからな」

静かだと思ったら、いつか氷雨《ひさめ》は雪に変っていた。二つのカンテラの明りの中を、無数の蛍《ほたる》のように舞っている。

「もう雪か。悪魔が満ち満ちると、天もまた、くみするものかのう」

正造は菅笠の紐《ひも》をしめ直し、白いものの舞う闇《やみ》の奥をにらみすえて言った。

二

「……銅山は、田畑ばかりか山も荒らした。水を防ぐためには、まず鉱業停止。水源涵養《かんよう》を求めねばならぬが、治水の要道としては、これより七、八里下流にある千葉県関宿の石堤をとり払うことである。彼《か》の石堤は、江戸《えど》城防禦《ぼうぎょ》のための封建幕府の遺構に過ぎぬ。これが利根本流をせばめているためにこそ、逆流による氾濫《はんらん》が起る。政府は石堤をとり払わぬばかりか、鉱毒被害を永久に糊塗《こと》せんため、かえって谷中を廃村

とし、遊水池とした。しかし、この遊水池が正造が年来主張している如く全く有害無用であることは、この夏の氾濫が示した……」

晴れわたった初冬の空に、正造のよく透《とお》る声がこだまする。西に赤城《あかぎ》・妙義《みょうぎ》・浅間《あさま》、東に筑波《つくば》・大平《おおひら》と、山々まで耳をすましているかのようである。雪の翌日をそのあたりでは「裸子の洗濯」というが、風もなく、陽の光もやさしい。眼の先の茅葺《かやぶき》屋根の外れには、ハネ釣瓶《つるべ》の竿《さお》がまっすぐ、澄んだ空を指していた。

谷中とは渡良瀬川の堤一つ越した群馬県海老瀬《えびせ》村の豪農落合佐久三《おちあいさくぞう》の屋敷。広い座敷縁が演壇となり、盲目縞《めくらじま》の筒袖《つつそで》や袷《あわせ》すがたの聴衆は蓆《むしろ》を敷いた広い庭を埋めている。納屋《なや》の壁や庭木にもたれて立っている者もかなりある。女子供が見えないのは、法令で禁じられているためだ。

演壇近くで見上げている宗三郎の眼に、七、八年前はじめて見た正造の姿がだぶってくる。

そのころ正造はまだ代議士として、中央で政府糾弾《きゅうだん》にさかんに活躍していた。白地の単衣《ひとえ》に黒い袴《はかま》。背丈は高くないが、頭の大きな、肩幅のひろいがっしりした体つきに、宗三郎は教科書で見た坂上田村麻呂《さかのうえのたむらまろ》の再来かと思った。その正造が、演説を終った後、大きな栗《くり》の木の蔭《かげ》にこっそり隠れていた宗三郎を見とがめて声をかけてきた。

〈坊やは、どこの子だね〉

眼がやさしかった。えらい人と聞いているのにこわい感じはなかった。遠くに離れていた老父に出会ったようで、それは宗三郎一人の感じではなかった。「田中さん」「田中のじいさん」とは呼んでも、村民の誰も「先生」と呼ばわりはしない。

「……石堤除去による水害防止は谷中の復活となる。谷中の復活はとりもなおさず水害防止となる。谷中も関八州も日本も、薬代なしで全快の道は十分あるのだ。しかるに国家のなさんとするところは、むざむざ高い毒《どく》を購《あがの》うてこの谷中ばかりか、隣接四県四十町村を毒殺せんとするものである」

「弁士注意！」

黒サージ服の警官が、咽喉仏《のどぼとけ》を突き出すようにして叫んだ。正造は片方の眼をむいて、黙って警官をにらみつける。

聴衆が沸いた。正造のそのしぐさを見ることは、演説会のたのしみでもある。

「かつて鉱毒猖獗《しょうけつ》を極めたとき、正造は頑迷固陋《がんめいころう》、無毒を主張する某大臣に、『しからば毒水をのんでくれい』と、コップに持参した。大臣は顔色を変えた。見ただけですでに毒効があらわれたのである。また、鉱毒の砂を伊藤《いとう》さんや大隈《おおくま》さんのきれいな庭で使ってもらおうと思ったが聞き入れてくれん。そこで正造自ら植土して進ぜた。

効《き》き目はあった。よく効く土じゃったと、大隈は漏らしたそうじゃ」

鉱毒の劇《はげ》しい土一樽《たる》をになって大隈邸に無断で入り、大隈の最も愛していた庭樹の根本にその土をぶちまけてきたのは事実である。

聴衆は呼吸をとめて、正造の口もとを見守った。どの眼にも、生々しい昂奮《こうふん》が溢《あふ》れる。まるで無縁の高みにあると思われていた大臣諸公を、いきなり眼の前にひきずり出し、自分の手で毒水をつきつけているような快感が走る。

正造のおかげである。正造の手が、被害民数千の鬱憤《うっぷん》を晴らしてくれた。聴衆の眼には、そうした正造が水戸黄門《みとこうもん》や佐倉宗五郎《さくらそうごろう》の再来と映ったりする。その正造の口から「敵討《かたきう》ち」の話をきくことは何よりもたのしい。めいめいに鉱毒運動の苦しい思い出があるだけに、たのしさは甘酸《あまず》く胸の中にしみ渡って行く。

正造はゆっくり聴衆を見廻《みまわ》してから、口調をあらため、

「ああして主張している中に、だんだん鉱毒の恐しさが世間に知られるようになった。だが、今度の洪水の害については、ちょっと運んで行って味わってもらうわけには行かん。大臣諸公を連れてきたいのだが、厄介なことに、人間二本の足がありながら、一本足の案山子《かかし》ほども気軽には動いてくれぬ。とすると、われわれ谷中の者が、試験台に上る他はない。谷中村民は、かつても試験台に上った。四十八万円の堤防修理費

だとよろこんで飲んだところが、その中に谷中買収の猛毒がしこまれてあった。辛《かろ》うじて、その毒をまぬがれた十九戸が、いま仮小屋に雨露をしのぎ、未曾有《みぞう》の侮辱虐待に耐えている。しかも、先刻御承知の通り、この瀕死《ひんし》の重病人を県や国家は寄ってたかって水底に沈めようとしている」

「弁士注意！」

正造は大きな吹払《すきばら》いをした。警官は蹴《け》られた鶏のように、

「弁士注意！」

と、もう一度、浮き立った声で叫ぶ。

「われわれはすでに訴訟も起した。いったん法廷に立てば、天下の耳目ふたたび谷中に集ること必定である」

白髯《はくぜん》を冬の陽《ひ》に輝かしながら、正造は話しつづける。訴訟のための物心両面の準備や、石堤排除のりらづけのための水流調査の必要性など、得意のたとえ話を交えて一時間近く熱弁をふるった。

正造が降壇したところで、宗三郎は人ごみを分け、斜め前方に坐《すわ》っている大工の栄五郎に近づいた。栄五郎がただならぬ顔色をしているのを見たからである。

「どうしました」

栄五郎は、いかつい顔をなおかたくしたまま、宗三郎の顔を見ないで言った。

「あの野郎が来ている」

「誰です」

声を低めて訊《き》きながら、宗三郎はその視線の先をさぐった。

「永助《えいすけ》だ。他にもまだ居る。尻《しり》を向けて出て行った奴《やつ》らが」

宗三郎はどきりとした。彼の家でも税や債務に追いつめられ、母や兄が幾度か相談した末、買収に応じることにし、仮印まで捺《お》したことがあった。それを正造が知って、どこからか金を借りて来、家人を納得させた上、印をとり消してくれたのだ。あのとき、正造が金を工面してきてくれなければ――。

買収されるか否かは、紙一重の問題であった。村に尻《しり》を向けて行った移住民、いまは〈縁故民〉と呼ばれるそれらの人々に、宗三郎は栄五郎ほどの強い憎しみは持てない。打算というより、もっと追いつめられて落ちて行った者も多いのだ。その意味では、同じ被害者である。

宗三郎はひるんだ顔を立て直し、

「しかし、演説会に来てくれるのは、歓迎すべきことじゃありませんか。『大きな気持でみてやれ』と、田中さんもいつも言って居られるし」

「おれは田中さんとはちがう。なに、田中さんも腹の中じゃ許せぬと思ってるんだが、それを口に出すと、おれみたいなのがすっ飛んで行って一悶着起《ひともんちゃく》すことを心配しているんだ」

演壇には、木下尚江が立った。気を惹《ひ》かれて、栄五郎は一瞬言葉を止めたが、なお腹がおさまらないらしく、

「おどおどしている縁故民なら、まだ辛抱しようもある。けど、永助の奴らは今朝も千弥や竹右衛門の家に口説きに来たというんだ。……さすがにおれのところへは来なかった。小狡《こずる》い奴だ。来れば、ただでは帰れぬと知っているからな」

怒りが噴き上げてくると、それがもっともなだけに、年齢のちがいもあって、宗三郎には返す言葉がなくなる。ただ栄五郎の紅潮した顔をみつめるばかりである。尚江の演説がはじまっているのだが、耳に入らない。

「県じゃ、残留民を陥落させれば褒美《ほうび》を出すと言ってるらしい。それでまた、永助なぞがうろちょろ動き出した。全く許せねえ野郎だ。今日もきまってこの後、切り崩《くず》しに動くにちげえねえ。だから、おれはにらみつけてるんだ」

宗三郎はうなずくばかりである。その間に、永助らしい小柄な人影は見えなくなった。演説会などの後、切り崩しがはげしくなるのは、これまでの例であった。弁士の

雄弁に浮き上った気持になり、目前の努力の対象がぼやけてしまうためもあるし、演説会の熱っぽいふんい気から一人家に戻ると、空虚な感じがかえって深まったりするためでもあろう。そのため正造らは、演説会が終ると、すぐ懇談会を持つようにしていた。

「弁士注意！」

栄五郎は眉間《みけん》を暗くして壇上をふり仰いだ。尚江が笑いをにじませた顔で立っているのを見て、安心したように宗三郎の方に向く。

「それで竹右衛門たちは？」

宗三郎は気になっていた問いを出した。

「竹右衛門ひとり来てたが、息子《むすこ》らは来ねえ。それに千弥も来てねえ。昨夜の雨で、かみさんの容態がひどう悪うなったらしくて」

「竹右衛門は永助のことについて何か？」

「何も言わねえ。すぐ追っ払ったと言うんだが……」

「弁士注意！」

正造のときとちがい、警官は居丈高《いたけだか》に叫ぶ。札つきの社会主義者だということもあるのであろう。尚江の声はいったん跡切《とぎ》れたが、またいつの間にか静かに耳を浸しはじめる。

「……政治が悪いことをするのは当然。何となれば、今の社会の組織は、神ののぞみ給うところとは正反対の利己主義を原則としているからです。利己主義にもとづいて、個人は個人を掠奪《りゃくだつ》し、国は国を掠奪して居る。刑法で言うところの窃盗《せっとう》のごときは児戯にしか過ぎません。諸君が谷中村で見られたように、国家の権力者による掠奪——これが白昼公然と官憲の手を借りて行われる。法律の名に於《おい》て、はたまた国家の名に於て……」

「弁士注意！」

「法律もまた一ツの窃盗です。窃盗掠奪の符牒《ふちょう》に過ぎんのです」

「弁士中止！」

警官は立ち上った。サーベルの柄《つか》をおさえたまま大股《おおまた》に演壇に近づいて行く。聴衆の中からやじが飛んだ。

「しまった。聴くんだった。もう終っちまって……」

栄五郎が舌打ちした。宗三郎は申訳なさそうに顔を伏せた。

四

尚江はそのまま古河《こが》の駅に発《た》った。

一時間近く正造を囲んだ懇談会が終ると、海老瀬村の青年たちが舟を出してくれた。赤麻沼から谷中の中央を貫流する大新堀を舟で抜ければ、歩かないですむ。舟には玄《げん》米《まい》が二俵と小豆《あずき》が一俵のっていた。海老瀬の青年たちが、谷中残留民のために集めてくれたものである。

「ありがとう。ありがとうよ」

正造は舟にのってからも、話の合間に何度かつぶやいた。青年たちはその度に、腰を屈《かが》めてはずかしそうに笑う。正造といっしょに居られる時間がうれしくてたまらぬといった風情《ふぜい》である。予戒令によって尾行している巡査も、船首で眼を閉じている。

堀の水は、白い雲の影を映して静まっていた。棹《さお》につれて水を分けて行く音、冬枯れた蒲《がま》の葉や芦《あし》が舟べりをかすめる音が、のどかなささやきを立てる。鮒《ふな》が白金色に光ってはねた。水の輪がゆっくりとひろがる。笹舟《ささぶね》のように浮んでいた柳の病葉《わくらば》がゆれた。雲の形がみだれた。

「大きいな、八寸はあるな」

棹をさす青年がつぶやくと、一度に話し声が起った。

「魚はすっかりもとどおりに増えたよ」

「おらあ、昨日、獺《かわうそ》を見た。獺がくらして行けるようになりゃ、ほんものだ」

「ひところは、魚はもちろん、蛙《かえる》も蛇もいなくなったな」

「蛇どころか、蛭《ひる》さえ絶えてしもうた」

「みんな田中さんのおかげだ」

その一言で、青年たちの眼はいっせいに正造に向いた。

正造は黙って首を横に振った。足尾鉱山に対する鉱毒予防工事の命令は、明治三十年大隈農商務相のとき、はじめて発令された。国会における正造の執拗《しつよう》な質問演説に、正造とは党籍も同じく、また政友として親しい大隈が、ようやく腰を上げたという形であった。

だが、正造は水の澄み出したのは、別の原因によると考えている。三十五年の大洪水で渡良瀬上流に大きな土砂崩れがあり、そのため、毒土が一時的に埋まってしまったという見方なりだ。そこには偏執的といっていいほどの政府および銅山への不信が働いているのが感じられた。

汽笛がきこえた。重々しいひびきとともに、三国橋《みくにばし》の先を黒い煙がひとすじうすくなびいて行く。古河駅を出た上り列車が利根川を越えるところである。

正造はいたずらっぽい眼でふり返った。

「木下君も困った男だ。むやみといせいのいいことを言う。まるで社会主義の大旦那《おおだんな》方《がた》みたいな口をきくからのう」

とがめるというより、子供のわがままに眼を細めるような言い方であったが、栄五郎は不満そうに咽喉《のど》の奥を鳴らした。

宗三郎も黙ってうつむいた。尚江の言葉は、宗三郎にとってはすべて新知識であった。奇想天外なようでいて思いがけぬとき胸に刺さるようによみがえってくる。尚江はかつてこんなことも言った。〈鉱毒反対運動も、銅山の坑夫の暴動と気脈を合せてやっていれば、足尾の資本家などひとたまりもなく倒されてしまっていた筈《はず》だ〉と。坑夫の暴動について正造は、資本家が悪辣《あくらつ》なことの証左だとは言っていたものの、暴動は暴動で別問題とし、軍隊が出動して鎮圧《ちんあつ》されるまでその成行きを見送るばかりであった。あのとき、尚江の言っていたように、坑夫たちと連絡をとって、沿岸被害民が大挙して行動を起したならば、鉱毒問題ははるかに簡単に片づいていたかも知れない。

正造は、足尾銅山そのものの内部に入ったことはない。鉱毒被害民を連れて銅山に押しかけるということもなかった。銅山の規模の大きいのを見て、素朴な農民たちが気圧《けお》されることがあってはいけないというのだ。

若い宗三郎は、そうした正造の態度をあきたらなく感ずることもある。社会主義の大旦那方の言うことも、もう少し勉強してみたい。学問がしたかった――。

遠ざかった上り列車から、また汽笛がかすかにきこえた。舟は大新堀を半ば以上下っている。眼を上げると、芦《あし》のしげみ越しに、千弥の家のある方向から一筋うす紫の煙の立ち昇っているのが見えた。

「病人の加減はどうだろう」

正造が誰にともなくつぶやいた。

「大丈夫でがしょう」

栄五郎が強い調子で言う。強がる以外に病人の救いようはないといった表情である。

正造は煙の行方を見守っていたが、ふいに宗三郎をふり返ると、

「次の汽車で東京へ行こう」

宗三郎は眼をみはって訊《き》き返した。

「わたしも？」

　正造はうなずき、

「早川弁護士との打合せもあるし、書きものも手伝って欲しいからのう」

　その間に、舟はきしみながら芦の中のせまい水路に入って行った。

　夕暮近く上野《うえの》駅に着くと、二人はそのまま本郷《ほんごう》にある早川弁護士の邸宅へ向った。一組の先客があったが、それを待つ間、早川は寒い折だからと、鍋焼《なべやき》うどんをとりよせて振舞ってくれた。

　あたたかな湯気につつまれ、正造の顔に赤銅色の光沢《こうたく》がよみがえってくる。大火鉢にも炭火がまっ赤におこっていた。

　柱時計がゆっくり六つの数を打ったとき、早川がドアを勢よく開けて入ってきた。まるい大きな顔。ひろくぬけ上った額に、下り気味の眼と眉《まゆ》は、柔和な感じを与える。光沢もよい。正造と並ぶと、その血色の良さがいっそう引き立った。

「いいところへ来てくれました。最前、栃木から長距離電話があったところです」

「栃木というと、毛利《もうり》弁護士から？」

「そう。弱ったことになりました」

　早川はうすい唇を歪《ゆが》めて言いながら、腰を下し、

「また鑑定人に逃げられました」

「何だって」

正造が顎《あご》を突き出す。

「辞退したんです。いろいろ圧力がかかったんでしょうな」

「ばかな。そんなばかなことがあるか」

正造は怒りに突き上げられるようにして立ち上った。頰《ほお》の肉がふるえる。

収用価格の不当さを立証するため価格鑑定人が選ばれるわけだが、正造ら原告側から申請した最初の三人は被告側の県当局から忌避され、次の三人が辞退してしまったというのだ。

「この調子じゃ、まともな鑑定人は得られっこありませんな」

早川は煙草に火をつけた。

正造は立ったまま唇をふるわせて何かつぶやいていたが、早川の煙草の煙に誘われるように腰を下した。

「田中さん」

早川の眼が光った。正造が向き直ると、その視線を煙の先に外《そ》らせ、

「和解する気持はありませんか」

思いもかけぬ言葉であった。正造も宗三郎もあっけにとられて早川の口もとを見守

った。訴訟を起すようにすすめたのは、もともと早川ら谷中救済会の人々ではないのか。

とっさに応《こた》える言葉が出ないでいると、早川はたたみかけるように、

「県の方からは、和解の意向を示し、裁判所側でもそれをすすめてきています。鑑定人がこんな風では、われわれが最初予想していたのとちがって、勝てる見込みは極めてうすいと見なくてはいけませんからな」

「何を言うんだ、あんたは。あんた方、救済会が先に立って訴訟を起したくせに」

正造は白髯《はくぜん》をふるわせて言った。早川は煙の先に眼を流したまま、

「仰有《おつしや》る通りです。だが、それは裁判そのものより、県の方にもう一度考え直す機会を与えるためでした。その機会が熟したのですから……」

「すると、訴訟は方便なのか」

「勝てる目算《もくさん》があればのことですが、現状では……」

「ばかな。ことわる。絶対にことわる。なあ、宗三郎」

声をふるわす正造に、宗三郎も大きくうなずいた。早川弁護士は、一瞬、興ざめた顔になったが、声はおだやかに、

「ここで和解しないと、県は早晩立退命令を出してきます。それに従わなければ、官

命抗拒罪で逮捕されますよ」

「あんたの言うことはまちがっとる。訴訟をやめれば問題は立ち消えだ。裁判のつづく限り、県の方でも無茶はできん筈だ」

早川は黙った。ふきげんさをかくそうとしない眼の色であった。しきりに煙草の輪だけをふき上げる。

正造は気をとり直して、

「わしらが移住斡旋《あっせん》を受け入れなかったことで、救済会は急にいや気がさしたのとちがうか。それで裁判にも気のりしなくなったのとは……」

早川は無言のまま、ゆっくり、太い首を横に振る。

「そうか。それならありがたい。鑑定人がどうあろうと、正しいものは必ず勝つ。わしらは訴訟を続けます。なあ、たのみます、早川さん。一文にもならぬことで申訳ないが、途中で見棄てんで下さい」

正造はぺこんと頭を下げた。早川は煙草をもみ消し、宗三郎に向き直った。

「田中さんの意向とは別に、あんたたち残留民の気持がききたい。田中さんには、ちょっと黙っていてもらって」

「正直に言うがいい、宗三郎」

正造は吐き出すように言った。早川弁護士は宗三郎の眼の中をのぞきこむようにして、

「冬場を控え、穴ぐら生活、仮小屋生活はいつまでも続くものじゃない。犠牲《ぎせい》が増すばかりだ。きっと腰を上げねばならなくなる」

「………」

「家をこわされても踏みとどまったという一事で、きみらの大義名分はりっぱに立った。現に東京の人士の多くは、鉱毒問題はそれにふさわしい劇的な終焉《しゅうえん》を遂げたと思っている。これ以上踏みとどまっても、それに何ものも加えることはないんだ。……田中さんは正義は必ず勝つという信念だ。しかし、鑑定人に人を得なければ勝てないことは、われわれ弁護士間の常識だ。とすると、これ以上の犠牲を出さないことこそ、残留民の心がけるべきことがらではないのかね。鑑定費用の予納を求められてはいるが、それすら払えないのが実状だろう」

「いや、それは、わしがきっとどこかで調達する」

正造がさらに顔を赤くして口をはさんだ。早川はとり合わず、宗三郎に向いたまま、

「いま、折角、県の方から和解を申し出てきているんだ。もう一度、考え直してみたらどうかね」

「お言葉ですから、一度、皆の衆と相談してみます」

そう言ったとき、宗三郎は、横から正造の灼《や》きつくような眼光を感じた。唾《つばき》をのみこみ、

「ただ、わたしの考えでは、和解できるくらいなら、強制破壊前にとっくに応じていたと思うのです。わたしらは、どんなことがあっても谷中を見棄てたくない。がんこ者の集りなんでがす」

栄五郎や彦平、竹右衛門、千弥などの顔がすっと眼の前に居並ぶ気がした。

「がんこ者か。がんこ者は田中さんひとりで結構なのに」

早川はうつろな声を立てて笑った。

「わしらはただのがんこ者じゃない。腹立ちでどうにも動けなくなってるんじゃ」

正造は、にぎり拳《こぶし》をふるわせた。早川はちょっと身をひくようにしたが、顔のうす笑いは残したまま、相変らずの口調で、

「腹立ちもわかります。だが、それだけに、田中さんの腹立ちを以《もっ》てまともにやられたのでは、助かるべきものもこわされてしまいます」

「わしはこわすんじゃない。ぶちこわされた谷中を復活するんだ」

「しかし、あなたが復活運動している間に、かんじんの人民がほろんではしまいませ

ん か」

「ほろぶものか。きっと谷中は復活する」

正造は立ち上りざま言うと、宗三郎を眼で促《うなが》した。前夜、竹右衛門が気にしていた義捐金《ぎえんきん》の集り工合《ぐあい》など訊《たず》ねるきっかけも失われた。

玄関の土間に下りて藁草履《わらぞうり》の紐《ひも》を結び終ると、正造は頑丈な背をまるめた。激した後の悔いが、その背ににじんでいる。

「おねがいしますぞ、早川さん。正造はこういう人間だが、谷中の何十人かを助けると思って。弁護士のあんた方が何よりの力なんじゃ」

早川は眼鏡の縁に手を当てて笑った。

「御安心下さい。やりかけた以上は途中で投げ出すようなことはしません。栃木の毛利君だって、同じ気持でしょう。ただ、一応はわたしたちの希望も聞いておいてほしいんです。和解の期限まではまだまだ年月もあることですから」

正造が黙って下げる慈姑《くわい》頭の上に、早川は思いついたように言った。

「うっかりしてました。どこか宿をお世話しましょう」

正造が手を振り、

「いやいや、きまってます。今夜は救世軍《きゅうせいぐん》に泊めてもらおうと思って」

「ほう」

早川弁護士は、式台の上に突っ立ったまま二人を見送った。

二十分近く歩いてたどりついた神田《かんだ》の救世軍宿舎の監督は正造にも鉱毒運動にも理解のある人で、一人を宿舎の中に案内し、白湯《さゆ》をすすめてくれた。

三十畳敷きほどの大部屋。醬油《しょうゆ》色の畳が波を打つ中に、一枚ずつのふとんにかしわ餅《もち》になって、人夫風の男がびっしりと寝ていた。窓ガラスが幾か所か破れたままで、それだけの人が居ながら、寒さは戸外と変りないように見えた。

監督は無条件で宗三郎を受け入れてくれたが、「労働能力ある人」という宿泊資格に欠けるというので、正造の泊りをことわった。

「こちらは他人《ひと》に負けないつもりでいても、一人前ではなくなったんかのう」

正造はにが笑いしてから、左の眼をはにかむように光らせ、

「実は宗三郎、正直言うと、わしは泊めてもらえなくて、ほっとしたんじゃ」

「え?」

「ここじゃ寒くてとても寝つかれんと、さっきから思ってたところなのだ」

「しかし、村の方がもっと寒い……」

赤城《あかぎ》おろしがきびしい上に、家のない暮しなので、谷中の寒さの方がさらにきびし

い筈《はず》である。

正造は笑った。

「谷中の方があったかいよ。やせがまんじゃなく、正造にはあったかい。……東京へ出ると、気分もたるんでしまうのかのう」

大きな蚤《のみ》が宗三郎の手にとまった。正造は宗三郎に浄書しておく書類を渡すと、腰を上げた。

「田中先生はどちらへ」

気になるのか、監督がすくい上げるようにその顔を見る。

「わしにはいくらでも友人がある。どこでも泊めてくれる。それよりこの青年をたのみます。前途有為な青年ですから」

宗三郎は何となく正造が気がかりだった。

「宿まで送ります」

「お前は書きものをたのみます。東京はわしの方がくわしい。これから医者を探して、それから誰かのところへころげこむ」

「医者？」

「尚江から、麻布《あざぶ》の方に奇特な名医が居ることを聞いた。千弥のかみさんを見にきてもらおうと思ってな。尚江からも話してくれることになってるが、わしもたのんできた方がいいと思って」

急な上京の理由が、ようやくのみこめた。舟の中で、枯芦《かれあし》越しに細々と立ちのぼる一筋の煙をみつめていたときの正造の横顔が思い出される。それは、気の強い正造が全く無力感の中に突き落されている一瞬であった。穴ぐらに病む病人のことを思うと、正造はさらに一夜でも無力な眠りを続けて行くことはできなくなったのであろう。

「それじゃ、わたしも……」

体が下の方から熱《ほて》ってきて、宗三郎も宿にじっとして居れない気持になる。

「いいから、書きものをしなさい。谷中復活に関する大事な書きものだ。いつか、島《しま》田《だ》か花井《はない》にたのんで、議会でしゃべってもらおうと思う」

正造が去った後、宗三郎は監督から小机を借り、部屋の中央の裸電球の下を空けてもらって、書類の写しにかかった。それには「破憲破道に関する質問」という標題がついていた。

筆の立つ宗三郎は、正造の秘書代りもするが、正造はまた、ことさら書き写しをさせることで自分の考えを宗三郎にわからせようとしている気配もあった。

〈凡《およ》そ憲法なるものは、人道を破れば則《すなは》ち破れ、天地の公道を破れば則ち破る。憲法は、人道及び天地間に行はるる正理と公道とに基きて、初めて過尠《すくな》きを得べし。

現政府が栃木県下都賀《しもつが》郡元谷中村に対する行動は、日本開国以来未曾有《みぞう》の珍事にして、人道の破壊憲法の破壊、蓋《けだ》し之《これ》より甚《はなは》だしきはあらざるべし。

人道破壊の事。

経済の破壊より来る憲法の破壊。

巧慧《こうけい》なる憲法破壊。

国庫金下附要求の詐欺。

名称の詐欺。

土木治水に関する憲法破壊。

惟《おも》ふに、人は組織の中に囚《とら》へらるれば、之に毒せられて不知不識《しらずしらず》の間に、意想外なる罪悪を犯すに至る。本問題の如き、亦《また》之に類するなからんや……〉

男たちのいびきや寝息が耳についてくる。寝返りにつれて、床板がきしむ。だが、そうした宿舎でも、屋根があり壁があるということはありがたかった。寒いながらにも、人のねぐらという気がするのだ。

家の中ということをなおたしかめようとするように、宗三郎は眼を上げて大部屋の中を見廻《みまわ》した。崩れかかった粗壁《あらかべ》に日めくりがかかっている。大きく10の数字。〈十二月十日〉と、口の中で言ってから、宗三郎はおどろいて坐《すわ》り直した。

衆議院議員を辞した正造が鉱毒事件の直訴状を胸に、陛下の御馬車めがけて飛び出したのは、ちょうど六年前のその日のことなのだ。正造は死ぬ覚悟であった。騎兵が一人、槍《やり》をとり直して遮ろうとしたが、あまり急に馬首をめぐらしたので、馬もろとも横に倒れ、正造もつまずいて倒れた。その間に、鹵簿《ろぼ》は通過し、「謹奏」と記した書状は空《むな》しく正造の手に残った。

宗三郎はその文句を全文諳《そら》んじている。

〈……臣六十一。而《シコウ》シテ老病日ニ迫ル。念《オモ》フニ余命幾《イクバ》クモナシ。唯《タダ》万一ノ報効ヲ期シテ、敢《アエ》テ一身ヲ以テ利害ヲ計ラズ。故ニ斧鉞《フエツ》ノ誅《チュウ》ヲ冒シテ以《モッ》テ聞《ブン》ス。情切ニ事急ニシテ、涕泣《テイキュウ》言フ所ヲ知ラズ。伏テ望ムラクハ聖明矜察《キョウサツ》ヲ垂レ給ハンコトヲ。臣痛絶呼号ノ至リニ任《タ》フルナシ〉

凍《い》てはじめた東京の夜の道を、藁草履《わらぞうり》をひきひき、くたびれた黒袴《くろばかま》の身を運んで行く正造の後姿が、影絵のように粗壁に浮んでくる。連続六回代議士当選、かつては衆議院議長にも擬せられた華々しい中央政界での椅子《いす》を、谷中一村のために未練もなく投げすてて、いまは浮浪人と変らぬ姿でまだ見ぬ医家を尋ねて行こうとする——。

後を追って駈《か》け出したい気持と闘って、宗三郎はしばらく下唇を噛《か》んでいた。

五

四日後、宗三郎はひとり気の抜けたように、上野駅から下り列車に乗った。レールのつぎ目が音を立てるごとに、焦立《いらだ》ちと不安が宗三郎の胸を往来する。どうしたわけか、正造が宗三郎を救世軍宿舎に置いたまま、何の連絡も残さず、先に谷中へ帰ってしまっていたからである。

上京の翌日、宗三郎は正造からの連絡を待ちながら、一日浄書につぶした。翌々日もなお連絡がなかった。不安でいたたまれなくなり、島田三郎《さぶろう》や木下尚江はじめ正造の立ち寄りそうな先々を回ってみた。すると、正造が谷中に帰っているらしいということがわかった。一事にとらえられると、他のことはすっかり忘れてしまう正造の性格を知っていても、連絡ひとつなく東京に置き去りにされたということは、若い宗三郎の身にこたえた。

車中で手洗いに立ったとき、宗三郎は何気なく鏡に向った。小柄な体に肩幅だけがひろく、それがただでさえ小さな顔をいっそう小さく見せている。低い鼻梁《びりょう》。くぼんだ眼窩《がんか》。兄からゆずり受けた鳥打帽がすっぽりその上にかぶってしまいそうで、いかにも貧相で小さな感じがした。

宗三郎は自信を失った。谷中では正造の分身ともなって働いてきたのだが、その実、自分は正造にとってもこの鏡に映し出されているとるに足りぬ若い小男に過ぎなかったのではないか。容貌《ようぼう》も風采《ふうさい》も、とても一人前とは言えない。眼だけがなまぐさいほどの光をはらんでいるが、ただそれだけのこと。東京へ出た正造が、連れ帰るのを忘れてもおかしくない男なのだ。

うちのめされた心の底からは、正造に対する反撥《はんぱつ》も起ってくる。正造から離れた人生というものを想像してみる。小学校も首席だったし、才能では自分なりの自信もある。その宗三郎が東京の学校に上れば、これまで時間を殺していただけに、目に見えて成長するであろう。鏡を見て失望するようなみすぼらしさは、やがて消え失せる——。

汽車は古河駅に着いた。

煤煙《ばいえん》にくすんだ駅舎をうつむき加減に出たとき、

「宗三郎！」

大きな声で呼びかけられた。若やいだ声であった。すぐには、正造に呼ばれたと思えなかった。

駅前にある野中《のなか》屋というめし屋から、白髯《はくぜん》のある丸顔が突き出ていた。ふぞろいな二つの眼には、おどるような光があった。

宗三郎は押し黙ったまま近づいて行った。

「宗三郎、戻ってきたのか」

置き去りにしておいたくせに、何という浮々した言い方なのかと、宗三郎は腹が立った。

「ひどいじゃありませんか。田中さん」

怒るよりも、涙声になった。正造も眼をパチパチさせた。

「すまん。わしはお前を残してきたんだ」

宗三郎には、正造の言葉の意味がすぐにはのみこめなかった。

正造は野中屋ののれんを分けて出てくると、宗三郎の低い肩を押すようにして店の中へ入れ、

「東京というところは、男ひとりなら何とか苦学もできる。わしはお前に東京で学問してもらおうかとも思ったんだ」

自信のない言い方であった。宗三郎は眼をみはって、正造の顔を見直した。

「そんなら、なぜそうと……」

「いや、言おうと思ったのだが」

正造は、また、またたきをした。野中屋の主人が茶を運んでくる。運動の理解者で、谷中村民にやさしい。

「よかったですなあ、田中さん」

それまでに正造との間で、宗三郎のことを話していたのだろう。

熱い茶をすすると、車中での暗い思いもよみがえって宗三郎の心はいっそう波立った。

「苦労しろなら、しろと……」

また、ぐちのように出る。

演説会からの帰りの舟での宗三郎の様子に、正造はいつかの学問のすすめを思い出したのであろう。正造の眼は、残留民の心の中を鋭く見抜く。それで、宗三郎を伴って上京し、いつもとちがって救世軍宿舎に連れて行ったのだ。別れるとき、監督に言った言葉もいまとなって思い当る。

それでいて、やはり宗三郎を手放すことが淋《さび》しく、不便に思えてきたのだ。ひととおり筆も弁も立ち、独身の次男坊という存在は、いまの正造にはかなり大事な手助け役となる。正造はためらった。東京まで連れて出ながら、最後まではっきり告げることはできなかった。サイコロを投げ出すようにして帰村してしまったのだ。

計画性があるようでいて無計画な、子供っぽい正造の性格が、宗三郎の胸の戸をたたいてくる。宗三郎は土瓶《どびん》をとると、むやみに茶を注いでのんだ。車中での思い過しがはずかしく、正造の膝《ひざ》にすがりつきたいような気持になった。

正造は懐《ふところ》から一枚の紙片をとり出した。四角の朱印が捺《お》されている。正造はその紙片を宗三郎に渡し、

「見てみい、立退命令の示達書だ。わしの留守をねらって、分署長が早速持ってきていた。早川弁護士の言う通りだ。これでおどして、和解の方向に圧力をかけようというのだろう」

「それで皆の衆は？」

「勇蔵の家で寄り合ったが、もちろん誰もひるみはせん。縛《しば》られようが、足の骨を折られようが、動かんと言っている」

「そうでしょう。こんなものなんか」

宗三郎は、示達書を床几《しょうぎ》の端に置いた。正造さえ許せば、まるめて、踏みにじりたいような気持である。鼓動のはやくなるのがわかった。浮き上っていたのは、ほんのわずかの時間であった。正造にならって、また前のめりの生活がはじまる。そこには、

落下して行く物体に眼をつむって身を委《ゆだ》ねるような、自虐的な快感すらあった。

通過する貨物列車の煤煙《ばいえん》が店の中まで舞いこんできた。

正造がそこに居るのは、もちろん宗三郎との出会いのためではない。東京で尋ね当てた医者が、その日の列車で谷中まで往診してくれるとの連絡があったためである。医者は次の列車で着く筈《はず》になっていた。

一時間ほど後、正造と宗三郎は駅の改札口に立った。

黒い革鞄《かわかばん》を下げた医者らしい人影を、宗三郎の方が先に見つけた。野中屋に入って一服する。和田という名のその医者は、神経質そうで、茶も一口すすっただけであった。

宗三郎が人力車を呼びに立とうとしたとき、奥から主人が走り出てきた。

「田中さん、だめだ。千弥のかみさんは死んでしもうた」

「死んだ?」

正造は大声を出した。主人は二度三度うなずき、

「谷中を通った行商人から、いま言伝《ことづ》てがあった。田中さんに知らせてほしい、それに、坊さんをたのんでくれと……」

主人は言い終ると、動きがとれなくなったように、そのまま棒立ちになった。店の

中に居た一組の客が、話をやめて四人をみつめる。

氷雨《ひさめ》の中、濡《ぬ》れるふとんに半身を起して紫色の唇をふるわせていた姿が眼に浮ぶ。まだ四十を出たばかり。鉱毒問題さえなければ、十年も二十年も永生きできたのに。雨の中でしきりに背をさすっていた子供の努力も空しくなってしまった――。

正造は瞑目《めいもく》していた。

〈よしよし、正造がきっと敵討《かたきう》ちしてあげますぞ〉

宗三郎の待つその声は、ついに聞けなかった。それは、鉱毒の犠牲者に会うごとに、正造が太い溜息《ためいき》といっしょに吐き出していた言葉である。正造の口ぐせといってもよかった。子供たちは、正造の顔を見ると、その口まねをしておかしがった。

〈きっと敵討ちしてあげますぞ〉

宗三郎は心の中でくり返しながら、開こうともしない正造の唇をみつめた。

「とうとう死人が出ましたな」

立ったまま、野中屋の主人がつぶやいた。

「これからも、幾人か出るでしょうなあ」

皮肉や警告ではなかった。人間のくらしとは思えぬ残留民の生活ぶりを知っていて、打たれるようにして出てきた感慨であった。鉱毒水にいためつけられた病弱者や老人をかかえて不自然な生活を続ければ、犠牲者が出ることは当然であった。

「わしも早晩その中に入る。いや、入りたい」

正造は瞑目したまま、ようやく口を開いた。悲しみとも決意ともつかぬものに、太い眉《まゆ》がかげっている。

茶はすっかり冷めてしまった。言葉を失くした客も主人も、力のない眼で三人を見守るばかりである。

上り框《がまち》の奥の座敷に、少女がランプをつけた。床の間の掛軸が浮き立つ。

「辛酸入佳境」

筆太の見馴《みな》れた文字。正造の揮毫《きごう》である。その文字に宗三郎は、はじめて残酷なひびきを感じた。〈かんじんの人民はほろんでしまう〉と言っていた早川弁護士の精力的な顔が思い出される。

心をくりぬかれたように眼を注いでいると、正造が咳払《せきばら》いした。

宗三郎は視線を外《そ》らせた。

「それじゃ、わたしは次の上りで帰ります」

忘れたころに、和田医師がぽつんと言った。

六

三年近い月日が流れた。

土を食ってでも、と言い張るがんこな残留民たちは、相変らず仮小屋に住みつき、萱《かや》を編み魚をとるその日その日の生活に追われていた。〈谷中復活〉を叫んで動き廻《まわ》れるのは、正造と、次男坊である宗三郎、それに、破壊をまぬかれた勇蔵の家の養子義市ぐらいであった。

正造は下野《しもつけ》治水要道会をつくり、県や内務省への陳情や訴願をくり返した。鉱業停止・関宿の石堤取払いによる逆流防止・谷中遊水池化反対がその主張であった。それが治水に役立つことを証拠立てるため、正造は夏冬を問わず利根・渡良瀬の川べりの村々を歩き廻って、平時と出水時の流量・水位・水勢を調べた。役場によっては、県側の手が廻って、書類の閲覧をことわられた。正造は、農家をたたき、商店をのぞき、漁夫・船頭・車夫・馬丁など、あらゆる人の口から逆流被害の聞きとりをした。

一方、栃木の区裁判所では収用金額不服訴訟の弁論がはじまった。原告である残留民側は、生活に追われるのと旅費の都合がつかないため、なかなか全員そろって出廷できず、裁判官の心証を悪くした。裁判長は、被告である県側代理人柴田《しばた》県属に対しては、「柴田さん」と呼び、原告である宗三郎らを「きさま」呼ばわりし、大声をあげてどなりつけたりした。宗三郎らは、そこに出るまでには毎朝五時に起き、五時間近い道程を歩いて来ていた。

さらに悪いことには、東京から来る筈になっていた早川はじめ救済会関係の弁護士たちが、あまり法廷に姿を見せなかった。高名な弁護士が多かっただけに、法廷に立てばかなり有利な闘いができたのだが、弁護士たちは明治三十三年の鉱毒事件裁判以来の十年に及ぶ無報酬の弁護活動に疲れていた。少しも妥協しようとしない残留民に愛想がつきたという風でもあった。

東京の弁護士の総欠席を、裁判官の側では法廷の権威そのものを見くびられたように受けとったので、問題はいっそうこじれた。ただ一人、法廷に立たねばならなくなった地元の毛利弁護士は、このため黙って欠席することさえあった。

毛利は、正造に度々和解をすすめた。正造は、訴訟の根本の目的が谷中復活にあるからと、とり合わなかった。

秋の彼岸の中口、谷中では残留民が堤外の勇蔵の家に集り、この三年間に亡くなった人々の法要を営んだ。千弥の妻はじめ、八人が死んでいた。十九戸九十人の一割に近い人数である。法要の後では、白米の御飯や甘酒の接待があり、残留民はほとんど集った。鉱毒のため盲目になった男女も、三人ほどまじっている。流木を焚《た》く煙にあたってさえ、手や顔がかぶれるというほど鉱毒のはげしい時期があった。死亡率は全国平均千人について五人のとき、九人という高さに上った。生き残れたことだけでもよろこばねばならないのだが、ふたたび澄んだ水を見ることのできぬ姿は悲惨であった。

接待の終るころになって、毛利弁護士が人力車で乗りつけてきた。

予告されていたことなので、正造は早速、上座に案内した。

毛利はちょっと挨拶《あいさつ》させて欲しいと言った。正造は座を鎮《しず》めて、

「毛利さんには、永い間、一文の報酬もさし上げず骨折っていただいている。その大事な恩人である上、今日のごちそうも多分に寄進に与《あずか》っている。ここではひとつ買収されたことにして、毛利さんの話を伺うことにしましょう」

皮肉と警戒を交えながら紹介した。

毛利はずんぐりした体を一歩踏み出し、よく透る声で話しはじめた。

「ここへ来る度に、胸が痛みます。なるほど、わたしはここ四年間、みなさんの弁護を引き受けている。だが、それはわたしの自発的な意志によるものでなく、お恥ずかしいことながら、早川さんはじめ東京の弁護士諸公に連絡係をやってくれとたのまれ

た結果でして、もともとごく軽い気持で参加したのです。ところが御承知のように、東京の諸公は出席せず、わたし如きものが、過分な責任を負担しなくてはならなくなりました」

「申訳ないことです」

正造が頭を下げると、村民たちも口々につぶやきながらうなだれた。

毛利は手を振り、

「いや、わたしはお礼を言ってもらおうとして言うのではない。こうした因縁だが、結ばれて四年経つ中に、わたしの中にも変化が起った。みなさんの窮状がつくづくとわかってきた。これは大変なことだ。少しでもお役に立たなくちゃいけない……」

毛利はそこで息ついた。座は静まったまま、その口もとをみつめる。

「田中さんらの熱心な反対はあったが、渡良瀬川改修計画案はとうとうこの春、中央の議会も通過しました。いよいよ、この西北にある藤岡町の高台を割って、渡良瀬川が直接にここへ流れこんでくることになります。これまでは三里にわたって村境を迂《う》回《かい》した末、下流から逆流して入ってきていたのが、今度は渡良瀬川そのものがまともに村のまん中に注ぎこんでくるわけです。これでは、もうどんなことをしても、ここは池にされてしまう」

「毛利さん、あんたは何を言いたいんだ」

正造が眼をむいて、毛利を見上げた。

「まあ言わせてください。わたしはみなさんのためを思って忠告したい。和解の期限は迫っています。いま和解しなければ、この上ない不利です。田中さんには話したんだが、どうしてもわかってもらえない。だから、わたしはみなさんに直接に訴えたい」

毛利は熱のこもった声で言うと、正造を見下し、

「田中さん、座を外していただけませんか」

宗三郎は、顔に血がのぼった。早川弁護士と同じことを言うと思った。

「どうして田中さんを別扱いにするんだ」

中腰になって叫んだ。

「地位も財産も、奥さんまでも放り出して、村に住みついた人だ。おれたちとどこも変りはしない」

「田中さんが気の毒だ」

勇蔵も声をふるわせる。毛利は鼻じろんだ顔になり、

「気の毒？　気の毒なのは、あんたたちの方だ」

「何を言う」

気の短い栄五郎は立ち上って、毛利につめ寄ろうとする。

「田中さんをのけ者にできるものか」

村民たちは口々に叫び出した。

毛利は棒立ちになったまま、さわぎのおさまるのを待って、

「それじゃ、わたしは今日限りで弁護を……」

正造が声をかけて立ち上った。半眼を光らせ、村民たちの顔をゆっくり見渡した。

その後、眼を閉じて自分の心をなだめるかのように幾度か小さくうなずき、

「出ましょう。わしが座を外したからといって……」

肩を怒らせ、人股《おおまた》に出て行った。

座はまた騒ぎ立った。幾人かが立ち上って正造を追おうとする。

「弁護士先生、帰ってくだせえ」という声も飛んだ。

「まあ聞いてやんなせえ」

庭先から正造がまっ赤な顔をしてどなって、ようやく静かになった。

毛利は下唇をしめらせ、

「和解の条件としては、県の方では強制破壊の費用分担を免除するばかりでなく、移転費も出そうと言っている。それを蹴《け》って裁判を続けたら、いったいどうなる。価格

鑑定人は、県の収用価格通り、つまり上田一反三十五円そのままという意見と、五円増、十円増という三人三通りの鑑定の結果を出した。法廷ではおそらくこのまん中が穏当として採用されるだろう」

「いんちきだ。県にたのまれて、鑑定人はわざとそういう三通りの値を出したんだ。わしらの田はそんな安値じゃねえ」

勇蔵老人が、灰色の眉《まゆ》をけわしくして言った。

「そうだとも。こんどの改修計画でとられるところには、内務省は一反百五十円払うと言う噂《うわさ》だぞ。田中さんの言う通りだ。県の価格はまるででたらめだ」

義市が養父に口を添える。毛利弁護士は咳払《せきばら》いすると、

「しかし、とにかく法定の鑑定人が鑑定したことだから」

「まっとうな鑑定人には、みんな逃げられたくせに」

栄五郎がどなる。宗三郎はその太い腕を押え、

「まあ、しゃべらせてやりましょう」

「くそっ」

栄五郎は、なお腕をふるわせている。毛利弁護士は顔を立て直し、

「仮に最高の十円増で勝ったとして、実際のみなさんの受けとり分はどうなります。

そこから強制破壊の費用を払ったら、移転費さえ残らないじゃありませんか。裁判に勝ったとしても何も残らない。むしろ、和解をのんだ方が好条件なのです」

「金が欲しくて裁判やってるじゃないでがす」

勇蔵老人がすかさず叫んだ。毛利は小首をかしげ、

「なるほど、金は二の次として、とにかく谷中に残っていたいのですな」

「そうでがす」

「その気持はわたしにもわかる。わかるけれども、現実はそれを許さない。県はすでに河川法準用を告示しました。御承知ですね」

だめを押すように一同を見廻《みまわ》し、

「県令二百八十八号によって、この地域には河川法の規定を準用されることになったのです。つまり、ここはもはや河川水面として取り扱われるわけで、あなた方の仮小屋はもちろん、一切の工作物は県の許可がなければ法律違反となるのです。あなた方が和解に応じなければ、県はこの河川法によってあなた方を追い払う肚《はら》なんですよ」

栄五郎が胴間声を出した。

「わしらは反対だ。田中さんにたのんで、取消しの訴願をするんだ」

「訴願？」

「そうです。瀦水池《ちょすいち》認定河川法準用不当処分取消しの訴願です」

宗三郎は、正造に教えられていた文句を一気に言った。

「訴願するといっても、訴願期日は明日じゃないか」

一座はざわつき出した。

「いや、まだ三日ある筈《はず》です」

毛利は手帖《てちょう》の頁《ページ》を繰った。

「明日だ。田中さんの計算ちがいだ。七月と八月は三十一日まであったわけだからね。二日くいちがっている。……もう間に合うまい」

「それは一大事だ」

幾人かが一度に腰を上げた。「田中さん！」と呼ぶ。

正造は少し離れた栗《くり》の木の蔭《かげ》に腰を下していた。うすい単衣《ひとえ》の胸もとを開け、しきりに茶碗《ちゃわん》のかけらを動かしている。虱《しらみ》をつぶしているのだ。

呼ばれてゆっくり顔を起す。葉蔭の濃い緑に染って、何となく元気のない顔に見えた。片肌ぬいだ肩は肉が落ち、骨ばっている。麦飯を一日一合ほど食うだけで、おかずらしいものもろくにとっていない生活なのだ。宗三郎はその肩を背後から抱えて立たせようとした。

ざは脛《すね》にもある。

「ああ」と栄五郎が叫ぶ。背中に縞《しま》のように這《は》う暗褐色のあざに目をとめたのだ。あ

背のあざは、正造が二十五歳のとき、領主六角《ろっかく》家の用人頭《ようにんがしら》の不正をあばいて、かえって囚《とら》われの身となり、十手で数十度乱打された跡である。在獄十か月、領地追放となって奥州江刺県《おうしゅうえさしけん》の小吏となったが、そこでも上役と衝突、その上役の変死から無実の殺人の罪をきせられ、算盤責《そろばんぜ》めにあった。算盤玉のように木を並べた上に坐《すわ》らされ、膝《ひざ》の上に五貫目ほどの角石三つを積み重ねてゆすぶる拷問である。脛《すね》は破れ、その跡は消えない。嫌疑晴れて帰郷し、やがて栃木県議となると、県令三島《みしま》の横暴を責めて、またまた投獄された。正造の体は、官権の悪というものを絶え間なく刻みこまれた体なのだ——。

縁先まで歩く途中、宗三郎は毛利弁護士の話をした。

説明を聞くと、正造は両手で頭を抱《かか》えこんだ。うなりながら考えていたが、口を大きく開けると、

「そうだ。わしの考えちがいだ。うっかりしていた」

「田中さん、たのみますよ」

勇蔵に叱《しか》るように言われ、

「いや、草稿はできてる、いま少し筆を入れれば……。後は浄書と副本づくり。それにみなの調印だ」

「その筆を入れるのが……」

凝《こ》り性の正造は、添削《てんさく》に凝ると時間の観念を失くしてしまう。直訴状さえ浄書する時間がなく、修正箇所に印を捺《お》して駈《か》けつけたという正造のことである。

「いそいでやろう。後はみなで手分けしてやってもらおう」

弁護士の人力車が堤防の上を去って行くと、ほとんど入れちがいに、丈高い萱《かや》の茂みの裏道を分けて白い制服をつけた二人の男が現れた。

サーベルが夏の陽に光る。先に立ってくるのは、東隣り部屋《へや》村にある警察分署長であった。

二人の警官は、まっすぐ正造に向って歩いてきた。毎日のように尾行され、警官馴《な》れしている正造は、とまどいからさめぬ柔和な眼で二人を見上げた。

「田中さん、分署まで来てもらいたい」

多人数なのを意識してか、分署長は低い声で言った。

「どうしてだね」

「これだ」

分署長は胸ポケットから、紙片を出した。一目見ただけで拘引状とわかった。

「わしが何をしたというのだ」

正造はおだやかな声で訊《き》き返した。

「書いてある通り、出版法違反だ」

「出版法だって！」

栄五郎が大声で言って、つめよった。警官が無言でその体を押し返す。

「わしには毛頭おぼえのない罪状じゃ」

分署長はかたい口調で、

「あんたは国民新聞にのっていた玖川某の『利根川治水帰着点』という記事を印刷して配ったことがあるだろう」

「しかし、あれは半紙半分位のものだし、わしに共鳴した意見だったから、みなにも読んでもらおうと無理に金を工面して刷らせたんだ。そのどこが悪い」

「それが出版法違反なんだ」

「ばかな。そんな違反があってたまるか」

「文句は署で言ってもらおう。さあ、田中さん」

「弁護士先生の出て行くのを待っていやがって、卑怯《ひきょう》な奴だ」

傍から勇蔵老人が口惜しそうに言う。警官は、無言で正造に手をのばしにかかった。

栄五郎がその前に立ちふさがった。

「田中さんに指一本でもかけてみろ。おれがノミぶちこんでやるから」

まくり上げた腕の筋肉がふるえている。その栄五郎の剣幕に、正造は気をとり直して腰を上げた。

「仕方がない。ちょっと出かけてくるよ」

「しかし訴願書の作製が……」

「なあに。罪を犯したわけじゃないから、すぐ戻れる。なあ、署長さん」

分署長は形だけうなずいてみせた。

正造は警官にはさまれ、二、三歩歩きかけたが、ふいにその足をとめると、

「さっきから気になってたが、竹右衛門は来てたかね」

「竹右衛門？」

栄五郎は紅潮した顔をなお赤くして、勇蔵の家の中を見、

「来て居らん」

「家の者は来てるか」

「誰も……」

正造は、宗三郎の眼の中を見て言った。

「わしはいいから、早く見てきてくれ。今日は村の者がみんなここへ集ってる。それだけに……。どうも、虫が知らせるような気がするんだ」

警官の一行に背を向け宗三郎と栄五郎は荒れた山道を駈《か》け下りて行った。息をはずませて、竹右衛門の家の前まで来ると、油蟬《あぶらぜみ》の声だけがやかましく、八人居る筈なのに人声もない。

水塚の上の仮小屋は、網代《あじろ》も雨戸も持ち去られ、中の什器《じゅうき》や夜具もろとも消えていた。

「永助にそそのかされたんだ」

栄五郎が仁王立ちになって叫ぶ。汗《あせ》が幾筋もその顔を流れた。

「かんべんしてくれ」

弱々しい声がした。おどろいて声の方向を見ると、大きな柳の根元に粗蓆《あらむしろ》一枚敷いて竹右衛門が坐っていた。頭を下げ、焦点を失った眼でつぶやくように言う。

「かんべんしてくれ。わしは子供らに負けた」

「夜逃げのように逃げて行きやがって」

栄五郎がたたみかける。

「かんべんしてくれ」

竹右衛門は同じ言葉をくり返し、

「ただ、それでは余り申訳のうて。わしは一言だけでもお詫《わ》びを言ってからと……」

皺《しわ》の深い顔をうなだれた。宗三郎は、言葉が出なかった。正造らと氷雨《ひさめ》の暗夜見廻《みまわ》ったとき、破れ傘の下から救いを求めるように見上げた九つの顔。あのとき眼のふちを黒くし泣く気力もなかった赤ん坊は一年前に死んだ――。

栄五郎のどなり声にしばらく音をひそめていた油蟬が、勢をもり返して鳴きはじめた。

正造はその夜、帰らなかった。夜ふけに部屋村分署まで訪ねて行くと、そこに連行したと見せかけて栃木の本署に送られていた。

翌日未明、宗三郎と義市は村を出て栃木に向った。十時近くに本署に着いたが、釈放はもちろん面会も許されない。河川法準用取消し訴願の日限であることを話しても、とり合ってはくれなかった。それを承知の上での強引な逮捕かとも思った。

二人はやむなく毛利弁護士を訪ねて行った。毛利は何をいまさらという表情で二人を見た。いやみを聞かされながらも、二人は頭を下げつづけた。毛利には県から手が廻《まわ》っているかも知れぬと、正造が漏《も》らしたことがある。不安であったが、話している中に、毛利は腰を上げた。本署に出向いてくれ、一時間後、正造は仮釈放された。

竹右衛門の脱落を聞くと、正造は拳《こぶし》で自分の額を何度もたたいたが、意見らしいものは一言も口にしなかった。理解してやれと言いながらも、やはり罵《ののし》りの言葉が出かかるのをけんめいにこらえているように見えた。

村に戻ったのは、午後四時過ぎであった。訴願書の提出先は、谷中村を併合した藤岡町の町役場である。正造はすぐ町役場に使いを出し、期限であるその日の午後十二時までには必ず提出するから、吏員を一人残しておいてくれるようにたのんだ。

竹右衛門の脱落で十八戸となった戸主たちは、役場の裏に集った。交代で夕食のうどんをとり、柱時計の音におびやかされながら、浄書し、副本をつくり、連署する。その後、ただ一つのカンテラをつけ、正造を先頭に暗い堤内二里の道を藤岡町へ向った。

役場にはランプが灯《とも》り、助役がひとり書きものしながら残っていた。その背後の大きな掛時計は、十一時半を示していた。どやどや入りこんだ二十人余りの残留民の口々からほっとした息が漏れる。

助役はランプの灯を二つ増やしてから、訴願書を受けとった。正造に椅子《いす》をすすめる。ていねいに読みはじめたが、割印の脱落をみつけて、正造に戻した。

手から手に書類が廻《まわ》って印が捺《お》されて行く間、助役は正造に話しかける。

「桐生《きりゅう》の病院に入院されたそうだが、奥さんの加減は如何《いかが》ですか」

宗三郎は聞きとがめた。

「奥さんが病気なんですか」

詰め寄るようにして訊《き》いた。その春、正造の継母が亡くなったことは知っていたが、夫人の病気は初耳である。

「病気らしい」

言いすてようとして、正造は宗三郎の眼の色に気づいた。

「なあに、看病疲れだよ」

笑ってかわそうとする。

「でも入院されるほどだと」

宗三郎は言葉を重ねた。正造は答えようとしない。

「見舞には」

助役に訊《き》かれて、

「なかなかその暇がないでがす」

誰かが蚊《か》をたたく音がした。助役は話を変えた。いつもは無口な人なのに、沈黙がおそろしいとでも言うようにしゃべる。

「こんな噂《うわさ》を聞きました。いつだったか、古河市兵衛《ふるかわいちべえ》が札束をいっぱい詰めたみかん箱を幾箱も持ってきたそうですな。それを、あなたがみんな返してしまったと」

「そうでしたなあ」

正造は他人《ひと》ごとのように言う。疲れて、口をきくのも大儀な様子であった。

「それを受け取って、谷中の堤防を築いておけば買収問題も起きなかったでしょうし、また県の世話にもならずあなた一人で谷中を復活させることもできたでしょう。そうすりゃ、あなただっていまごろこんな苦労もせず、かつての議会でのあなたの同僚だった人たちと同じに、那須野《なすの》あたりに別荘でも建てて楽々と暮して居れる筈《はず》ですが……。どうして返してしまったのですか」

正造は途中で一度だけ眼を光らせたが、すぐ瞑目《めいもく》し、

「色々な考え方がありましょう。なるほどそれで村が立ち直れば、一時は被害者もよろこんだでしょう。だが、それでは子孫が困ると思って……。金で解決するのは一時的で、本当の解決にはならぬと思ったんでがす」

正造はそう言って、かすれた声で笑った。

割印が捺《お》されて、訴願書が戻ってきた。助役はもう一度改めてから、

「ごくろうさまでした」

一同に声をかけた。

正造はくり返して頭を下げた。時計はまだ十一時半であった。

外に出ると、大戸を下した藤岡の家並が寝静まっている。一人がこらえかねたように笑声を立てた。

「時計がとまってたなあ」

「とめてあったんだ」

正造は重い声で言った。とめてあるのを気づかせまいと、助役は無理に話をはずませたのであろう。

「ありがたい仁だ。正造はもう国家などということは考えない。議員も政府も泥坊の手先ばかりつとめて、少しも役に立たぬ。国家の外の社会の人々に聞いてもらわねばならぬ」

宗三郎は、いつかの尚江の演説をふっと思った。〈むやみにいせいのいいことを言う〉と批判していた正造だが、尚江と同じ考えに近づいている——。

背後の空で梟《ふくろう》の啼《な》く声がきこえた。ふり返ると、役場の灯が一つになり、しばらくして消えた。

七

さらに一年半の歳月が流れた。

土にしがみついた残留民たちは、網代《あじろ》の上に萱《かや》をかぶせ、蓆《むしろ》の上にうすべりを敷いて、永住への構えを見せた。だが、生活は少しも楽にならず、余裕は生れなかった。寄合場所にする筈であった雷電神社の拝殿も補修できず、会合と言えば、堤外に残った三戸、とりわけ広い勇蔵の家が使われた。

豪雨がある度に利根川が逆流して氾濫《はんらん》し、どの家でも水死者を出さないのが、せいいっぱいであった。しかも明治三十五年以来の破堤箇所に土を盛った仮水留は、夜陰、さらに何者かに鍬《くわ》で崩《くず》され、修築にかかると、河川法違反だからと中止を命じられた。このため、春になると雪解水が流れこんで、麦をくさらせた。

残留民たちは漁獲に望みをかけたのだが、夜半、筌《うけ》や簀《す》などの漁具を盗まれたり壊されたりした。その犯人の中には、買収に応じて隣村に移住した縁故民がまじっていた。老人は鉱毒の余病から、乳幼児は栄養不足から、死に対してもろかった。そして、死んでからも、河川水面だからという理由で埋葬の許可は出なかった。他村の親類をたよってその墓地に入れてもらい、位牌《いはい》もないままに、西に向って線香を立て、冥福《めいふく》を祈るのであった。

だが、残留十八戸はひるまなかった。正造を芯《しん》に、強い結晶体と変った。

正造は帝国議会が開かれる度に、谷中復活の請願書を書いた。宗三郎が浄書して東京に持って出るのだが、もはやそれを議会で代弁してくれる議員はなかった。

〈……議会は常に興利的利益的請願に忙殺せらるゝ趣にて、我々の請願たる此除害的人権的憲法的問題は、度外視せらるゝの感あり。之《こ》れ我々農民の愚昧《ぐまい》を以《もっ》てして、尚《な》ほ立法院の為に惜む処なり……〉

請願書とは別に、そうした文句を綴《つづ》った陳情書を出すこともあった。

藤岡町助役の同情で期限に間に合った河川法準用取消し訴願は却下され、さし戻しの付箋《ふせん》がついて戻ってきた。競願するような形で、すでに立ち退いた縁故民から瀦水《ちょすい》池《ち》水面占用願が出され、煉瓦《れんが》会社は土壌払下げを申請し、鋼の網をめぐらして一大養魚池化するという企業主まで現れた。その度に、正造らは県に反対陳情した。強制破壊への非難のほとぼりがまださめて居らず、また正造の存在がうるさいので、県では仮小屋相手に再度の強制破壊をするだけの決断がつかなかった。

正造と残留民の何よりの目標は、訴訟で県に勝つことであった。弁護士は欠席がちであり、中正な鑑定人に逃げられて、不利とわかっていても、やはり裁判に勝つことで主張の正しさを認めてもらおうと思った。正造は治水のための河川視察をかねて、村から村を歩き、これはと思う有力者や農政の担当者から、地価についての証明書や調書をもらって廻《まわ》った。鑑定人の鑑定結果に反駁《はんばく》する資料であったが、その整理だけでも一仕事であって、宗三郎はめまいを覚えたり、鼻血を出したりした。

法廷で正造は激してくると、被告である県吏を国賊とののしり、〈このウジムシめらを召し捕って下さい〉と絶叫した。法廷中にひびく吠《ほ》えるような声に、判事たちが退廷することもあった。正造の口頭弁論は、しばしば途中で打切りを命じられ、最後には正造ひとり分離裁判となった。

だが、このころ内務省による渡良瀬改修に伴う新たな買収案が正式に決定され、旧谷中村の三倍から四倍という補償価格とわかると、正造の意見が正しかったというので、かつて移住して行った縁故民たちが傍聴席にも顔を見せるようになった。

こうして、明治四十五年四月十五日、土地収用補償金額裁定不服訴訟は五年越しに結審となり、五日後の四月二十日、判決言渡しがあった。それは原告の主張金額六万八千余円に対し、既定の補償金九千九百余円の他にわずかに一千三百三十一円六十三銭を県は補償すべしというもので、反あたり二円増しにもならず正造らの主張はほとんどり上げられていなかった。

残留民は協議の末、直ちに控訴することにきめた。だが、控訴費用も弁護士の心当りもなかった。

自費で引き受けてくれる弁護士探しに、正造は宗三郎を連れて上京した。

訴訟をすすめた当事者である谷中救済会の早川弁護士をまず訪ねた。

「すでに救済会がなくなった今日、われわれの力ではとても負担に耐えませんから、他に適当な方を探して下さい」

言葉はていねいだが、早川はソファにそり返ったまま言った。

「早川さんからぜひ御紹介を」

正造は背を屈《かが》めてたのんだ。

「動いてくれるような人は、みな救済会のメンバーでした。その救済会がなくなったのですから」

「救済会でなくても、個人として……」

「みな忙しいですからな」

早川弁護士は、とり合おうともしない。ぬるい茶が出された。茶菓子はない。

早川は正造をじっとみつめていたが、

「田中さん、最後にわたしの意見を聞いて下さい」

正造の咽喉《のど》の奥から、うっ、という声が漏れた。

「田中さんのなさっていることは、谷中一村のためと言いたいが、四百戸中わずか十数戸のための事業だ。そうした小規模のことのために……」

正造は憤然として遮《さえぎ》った。

「ひとり谷中の問題じゃありません。国家の横暴を認めるかどうかという大問題です。国民の生活を保護すべき国家が、略奪と破壊をこととしている。これは日本の憲法の問題、憲法ブチ壊しの問題でがす。このまま放っておけば、日本が五つあっても六つあっても足らんことになる」

「しかし、田中さん、あなたほどの方がその問題だけに没頭しているのは、国家の損失です。いま少し他の活動をなされては……」

宗三郎は眼をいっぱいに見開いて、二人を見守った。正造を立てるような顔をしながらも、その実、早川は正造を運動から引き離そうと企《たくら》んでいるのではないか。

正造は押し黙っていた。危険な瞬間であった。茶碗《ちゃわん》でも飛びはしないかと、宗三郎はその顔色をうかがった。

だが、正造はふいに笑い顔になった。

「何しろ、正造、幼少のときから記憶が悪く、脳が弱いんでがして」

「まさか、田中さん」

「いや、ほんとうのことです。村の諸君もみんな知っています」

正造は落ち着いた声で言った。〈脳が弱い〉と、正造は度々口にする。村の者におもねようという技巧からではなく、まじめにそう思いこんでいる節があった。

「そんな訳ですから、わしには一時に一事しかつとめられません。一意専心やらなければ、一人前に働けんでがす」

そうした言い方に、早川は話の腰を折られたようであった。湯呑《ゆのみ》を片手にとって、一息にのんだ。

「ところで、田中さん。わたしの知っている学生が、田中さんの色紙をぜひもらって欲しいというんですが」

早川は、はじめてなごやかな口調になった。

「そうでがすか。書いて進ぜましょう」

硯箱《すずりばこ》をとると、宗三郎は水を足して墨をすった。正造は、筆の穂先を口にくわえる。

「田中さんは、ふしぎに若い人に人気があるんですな」

早川はそう言って、挑《いど》むように宗三郎の顔を見た。ふしぎに、という言葉には毒があった。

宗三郎は手をやめた。だが、正造が何も耳に入らなかったかのように筆をためしているのを見て、また墨をとった。

「即興の歌を一首」

筆が墨をふくんだ。

世の虱《しらみ》　いましむる間に　又我れの
衣も虫の　国となりけり

早川は色紙を手にとった。

「なるほど、虱ですか。痛烈ですな」

笑いながらも、にがい顔になった。正造に切り返されたような気がしたのだろう。

正造は、そうした早川の顔を見ようともせず、

「生涯の終りには、せめて虱の居ない着物を着たいと思ったが、無理なようでがす」

「また冗談を」

そう言いながらも、早川は落着きのない眼になった。

「いずれにせよ、虱退治は大変でしょうな」

腰を浮かせて、色紙を机の端に置く。

「なあに、馴《な》れれば極意というものがおぼわります。わしは、茶碗のかけらで一気に潰《つぶ》すことを考えましたんじゃ」

すまして言う正造に、早川は手を泳がせて、

「いや、わかりました。結構です。結構ですが、若い者にはもう少し教訓的なものも……」

「教訓的？」

正造は、首をかしげてから、宗三郎を見た。

「では、また例のやつを書くか」

辛酸入佳境
楽亦在其中
筆太に二行の漢詩が書かれた。

早川は、正造と宗三郎の顔を見比べた。

「たいしたご心境です。よほどの人でなければ、この心境にはなれないものだ」

皮肉がちらついていた。正造の顔には何の反応もない。疲労で充血した眼を、ぼんやりと部屋の隅に投げている。

早川は宗三郎の眼の中をのぞきこむようにして、

「田中さんのお気持はわかるとしても、若い人がついて行くのは、大変でしょう」

宗三郎は唇を噛《か》んで、早川を見返した。

だが、早川の眼には、意地悪さよりも、多分に同情的な問いかけが宿っているようであった。

〈田中さんは純粋だ。だが、その純粋さは、死神のそれだ。この死神のような老人にどこまで巻きこまれて行く気なのか〉と、半ば呆《あき》れ、半ば案ずる眼の色であった。

早川の家をふり出しに、弁護士探しがはじまった。救済会を組織していた弁護士たちは、正造を迎えると、みな当惑した表情になった。その答は、表現はちがっても、早川と同じであった。

「鉱毒裁判以来十年余りも自費でやってくれたんだ。無理がつづくはずがねえ。憤慨するな。感謝しなくてはいかん」

弁護士の家から家を歩き回りながら、正造はつぶやいた。菅笠《すげがさ》に、ほころびた黒衣、足袋《たび》はだしという風体なので、交番に呼びとめられ、また家によっては書生と玄関でもみ合うこともあった。

正造の知る限りの弁護士に、引き受け手はなかった。

三日目の夕刻過ぎになって、正造は古い友人である巣鴨《すがも》の新井《あらい》奥邃《おうすい》を訪ねた。哲学者である新井に聞けば、誰か一人ぐらいと思いつめた気持であった。高名無名を問わない。弁護士でさえあればいい。

「控訴するには金もないが人もない。と言って、控訴しなければ、県の悪政を認めることになる。そればかりか、県は残留民に対し早速立退きを迫ってくるでしょう。誠に困ったことでがす」

疲労で土色になった顔をうなだれ、正造は吐くように言う。新井はしばらく考えていたが、

「私の門下というより友人に、中村《なかむら》秋三郎という弁護士が居ます。御歌所の中村秋香《あきか》の縁戚《えんせき》で、弁護が上手か下手かわかりませんが、人は信じられます。もしおよろしかったら、私が申したといって、お会いになったら如何《いかが》ですか」

夜ふけてはいたが、正造らは紹介状をもらって、その足で、駒込《こまごめ》にある中村弁護士の宅を訪ねた。形だけの門を潜ると、植込みの奥に、格子戸風の玄関が見える借家住いである。検事をやめて開業して間もないという中村は、やせて肌は浅黒く、高い鼻と鋭い眼光はいかにも役人型が抜け切らぬといった感じであった。クリスチャンということであったが、休みなしに煙草を吸うので、正造はわざとらしく咳払《せきばら》いをくり返した。

第一印象はあまりよいものではなかったが、もはや救い手もないままに、正造らは再度訪ねて尽力をたのんだ。法廷戦術として、第一審のときは石川三四郎《いしかわさんしろう》・福田英子《ふくだひでこ》・幸徳千代《こうとくちよ》など正造の同志が少しずつ谷中の土地を持ち被害民という形で告訴に名を連ねていた。中村は、〈それが何かの宣伝のような形に受けとられてはおもしろくないから〉と言って、それら同志を告訴人から外すよう要求した。正造は永年援助してくれた同志を外すことに不満だったが、中村の条件をのんだ。さらに中村は、〈よく調査してないことですから、責任は負えませんが〉とことわった上で、ようやく控訴を引き受けてくれた。それは、控訴期限の最終日六月十二日のことであった。

控訴院の法廷でも、正造の弁論ぶりは変らなかった。裁判長も判事も温厚な人で、正造らに対する扱いも丁寧《ていねい》であったが、正造は話している中に激してくるのだ。

「……この事件は価格が安いから相当の価格を払えというだけの浅はかな事件ではない。国家が詐欺《さぎ》的手段を以《もつ》て自治体を破壊したところの、憲法破壊に関する問題であります」

正造の声がうわずってくると、裁判長は手で制して、「憲法問題は政治問題ですから、お聞きする必要はないと思う」

「申し上げる必要があります」

「これ以上必要はない」

「こちらに必要がある」

机をたたく正造に、裁判長は苦笑して黙った。

「田中さん」

宗三郎は、低いが強い声でとめた。

正造は、かつて検事の冷酷な論告に腹を立て、建物内にひびく大あくびをして官吏侮辱罪で投獄されたことがある。投獄されなくても、裁判官の心証を害してはまずい。

だが、正造の狂気に似た憤りがほとばしり出すと、何ものかをこわさずにはとまらなくなるのだ。それが、若い宗三郎にはたまらない魅力なのだが——。

「必要があるから、申し上げるというんだ」

正造のむくんだ顔は、一面に朱《しゅ》に染まった。

中村弁護士が腰を浮かした。

「田中さん」

正造は、ふり返りもしない。

「わしは二十余年の間、一意専心、調査してきたのに、あなたは聞こうともしない。若いくせに生意気である。それで天皇陛下の代理として裁判ができるか。いまや国賊どもが寄ってたかって憲法を破壊し、国を滅しているのがわからないのか。なぜ、この正造の言うことを聞こうとせんのか」

中村弁護士は、強く正造の袖《そで》をひいた。ふいをつかれて、正造の体はよろけた。

正造は裂けそうな眼で、中村をにらんだ。中村は冷たくその眼を受ける。無言だった。

正造の眼に、急に弱い光がさした。中村はすかさず、

「それは別の機会にして、席にお着きなさい」

「ばかな」

正造は吐きすてるように言ってから、中村と組み合った視線を外した。ここで中村に逃げられれば、もはや裁判は続けられない。とすれば、谷中残留の意味はおおかた失われてしまう。熱した頭の隅で、正造はようやくそれだけの判断をとり戻したのだ。

鬱憤《うっぷん》をもて余し、正造は腰を下してからも、しきりにつぶやきつづけた。

八

年が明けて大正二年三月、控訴院受命判事と、渡辺《わたなべ》鑑定人が谷中関係地に臨検に来ることになったが、正造は東京にとどまった。現地で正造が昂奮《こうふん》し、臨検の一行に無

理を強要することがあっては困ると、裁判長から注意があったためである。正造は注意に従った。正造自身もその危険を予知していた。

　正造はそれでも気になるのか、臨検受入れについての細かな心得を宗三郎に書き送ってきた。

百姓らしく蓑《みの》・笠《かさ》姿で出迎えること。休憩《きゅうけい》するときにはその蓑をひろげてその上で休んでもらうようにということから、

「……手まめ足まめに動くべし。ふところ手は大無礼なり。ていねいに恐入って言葉少く、落付いて、要所要所の説明は一人づつにすべし。生いきは呆《あき》れる。利口ぶると損のみ。ほらは猶更《なおさら》そんなり。必要の言葉を忘るるなかれ。必要の場所をうかうかと通りすごすなかれ」

　その心得通りに正造が法廷でふるまってくれたらと、宗三郎は少々おかしくなったが、臨検の成行きを気づかう正造の気持が痛いほどわかり、前夜は中村・久須美《くすみ》両弁護士をかこんで、ほとんど徹夜して準備に当った。久須美は中村の実弟で、やはり無報酬で働いてくれている。

　宗吉・宗三郎兄弟の仮小屋をふり出しに、三日間にわたり臨検の一行は、堤内堤外を丹念に視察して廻《まわ》った。雪どけの出水前で、谷中は一年でもっとも水の少い時期で

あり、冬枯れた芦《あし》や萱《かや》の原の中で、ところどころ柳が芽をふいていた。水塚の土を掘ったただけの仮小屋住いには、判事たちも眼をみはって、質問する時間も永びいた。

二日目に、仮水留をしただけの破壊箇所に来たとき、県の柴田代理人は、

「ここは明治三十五年から復旧工事をしませんから、始終水が堤内に入って居ります。ですから、谷中には土地の収穫らしいものが全然ありません」

安い補償金は当然というような口ぶりの説明をした。

宗三郎は腹が立った。

「何を言う、柴田さん。三十五年から堤防を築かぬだって!」

正造の注意を思い出しながらも、声がたかぶった。

「あなたは県庁の役人じゃありませんか。土地と人民のある限りは、その破れた堤防を修築するのが義務でしょう。人民の住んでいる良村の土地に対し、三十五年から堤防を築かなかったと臆面《おくめん》もなく言うとは何事ですか。なるほど、谷中人民の土地を無残に安く買ったという証拠にはなるでしょう。だが、それが国家の機関である県庁の正当行為と言えますか」

しゃべり出すと、途中で抑えがきかなかった。正造もきっとこう言うだろうと眼をつむるようにして言い切ってしまった。

柴田代理人は気まずそうな顔をして横を向いた。判事や鑑定人は顔を見合せて笑った。正造の子分が居るとでも思ったのかも知れない。

三日間にわたる臨検を了《お》えて、谷中を後に堤の道を上ったとき、まっ赤な夕陽が廃村となった芦原《あしはら》を染めて沈むところであった。堤に長い影を引いて歩いて行く一行の列の中から、渡辺鑑定人が足をおくらせてきて、列尾の宗三郎と並んだ。口もとの切りこみの深い長い顔が、淡い橙色《あわだいだいいろ》に染まっている。

鑑定人は宗三郎に話しかけてきた。

「わたしはね、こう思いますよ。何事をするにも、ある程度の勢力を得なければ、事は成功しないと」

和解のすすめかと、宗三郎は思わず足をとめて鑑定人を見返した。頰《ほお》の肉のこわるのがわかった。

鑑定人は宗三郎の緊張ぶりに、表情を崩《くず》して、

「どうです。あなたはひと奮発して東京の学校に上りませんか。学費一切はわたしがもたせてもらいます」

予想もしなかった言葉に、宗三郎は棒立ちのまま、ただ鑑定人の顔を見守るばかりであった。

渡辺鑑定人は眼で誘って歩き出しながら、

「あなたのように若くて苦労している人を見ると、わたしはそのままにしておくのが気がすまない。艱難汝《かんなんなんじ》を玉にすとかたとえにもある通り、逆境は成功の基ですからね」

「…………」

「学校を出て、ある程度の勢力を得た上で谷中村の復活に活躍して下さい」

宗三郎は胸が熱くなって、声が出なかった。問い返されて、

「田中さんと相談した上で……」

と、ようやく答えた。栃木の裁判では、ほとんど人間扱いしてくれなかった。それなのに、この人たちは……。

控訴してよかったと思う。この人たちに裁かれるのなら、裁判もきっとうまく行くであろう。ねばり強く弁護士探しをした正造の見透しの正しさがわかる気がした。暗雲に封じこめられているときでも、正造にはふしぎな曙光《しょこう》を見る力がある。それとも、正造のねばり強さに、運命の方から折れてくるのだろうか。

足の運びはにぶくなるばかりであった。

おくれた二人を待って、一行は三国橋のたもとで足をとめていた。水ぎわから舞い立った鶺鴒《せきれい》が、堤すれすれに飛び過ぎた。柳は芽をふき、その根もとには白茅《ちがや》が細い

頭をそろえている。いつか夕陽《ゆうひ》は落ち、橋の向うの淡い水色の空には、きれいな月が浮き出ていた。

古河町の旅館に入ると、正造が東京から来ていた。裁判長からの注意を守って足どめになっていたのだが、臨検の終るぎりぎりの時刻を待ちかねて、戻ってきていたのだ。三日にわたって細かく親切に見てくれたことを、残留民たちは口々に伝えた。正造は、判事や鑑定人に鄭重《ていちょう》に礼を述べた。

中村弁護士も、

「よく見ていただきましたから、安心していいでしょう」

煙草の煙を大きくふき上げ、重荷を下したように言った。

少憩後、上り列車で発つ一行を駅に見送ってから、正造は残留民たちと野中屋に行った。離れを新築したから、入り初《はいぞ》めしてほしいと、主人からたのまれていたのだ。木の香の新しい部屋は、たちまち残留民たちの枯草のにおいで埋まった。

はるばる東京から来て、丹念に見てもらえたという満足感で、まだ頰《ほお》のほてりがさめないような残留民を前に、正造はいかめしい口調で話しはじめた。

「判官閣下がよく見て下さったことは、実に感謝に堪えない。しかし、だからといって、決して油断してはならない。たとえ裁判官が正義の人で、われわれに同情して公平な裁判をされるとしても、われわれの相手は足尾銅山党である。足尾銅山党とは今の政府である。だから、彼等には権力がある。金力がある。従って、もし清廉《せいれん》な裁判官で独立の権利を振って正当な仕事をしようとすると、彼等は司法大臣に命じて、裁判官を転任せしめる位のことは必ずやるものと心得なければならない。これは従来屢々《しばしば》例のあったことである……」

話している中に、正造の心にはその不安がなお色濃くなって行くようであった。

宗三郎の気持も滅《めい》入ってきた。〈田中さんは、なぜ悪い方へ悪い方へとばかり物事を考えるのだろう〉と思う。夕映えの堤の道で、しみじみと正造の力を慕《した》ったのは、つい先刻のことであった。だが、幸せの影が見えると、すぐ不幸が追っかけてくる。「辛酸入佳境」という無気味な言葉に、まるでたぐり寄せられでもするように。

宗三郎ひとり残して一同が立ち去った後、正造は新井奥邃宛に長文の手紙を認《したた》め、中村弁護士の見透しが楽観的に過ぎるからと、注意を促した。また、旧知である花井卓蔵《たくぞう》・島田三郎の二人にも、その不安を伝え、証人として法廷に立ってくれるよう懇請の手紙を送った。

書きものが一段落したところで、宗三郎は渡辺鑑定人からの話をした。正造は、宗三郎の顔から視線を離さず聞き入っていたが、

「一応はそういう見方もある」

気のりのしない低い声で言った。その答に、宗三郎が不満そうな顔をしていると、

「谷中問題が片づきさえすれば、わしから大隈にでもたのんでやろう」

あわてて言い足して、ほっとしたような顔になった。

通過する列車のひびきが、床をゆすぶって伝わってくる。

〈谷中が片づきさえすれば……〉

それはいつの日のことになるだろうか。宗三郎は遠くを見る眼つきのまま、正造の答を心の中でくり返した。

九

夏がめぐってきた。

穴居同然の生活に入って六度目の夏であった。かつては馬の背につけても大麦の穂先が地に擦るといわれるほど肥沃《ひよく》な土地であったのだが、浸水つづきで麦はほとんどとれなくなり、萱《かや》を刈っての菅笠《すげがさ》やすだれ・よしずづくりで稼いだ金で、食べる分さえ買わねばならなくなった。

だが、その年は漁獲が多かった。簀《す》を張って大袋をしかけておくと、一晩で鰻《うなぎ》が五貫目も六貫目もとれ、三十分足らずで筌《うけ》いっぱい鰌《どじょう》や小魚がとれることもあった。渡良瀬の川面を越して隣村から盆踊りの太鼓がきこえてくるようになると、残留民たちも誘い合って出かけた。強制破壊前に親類に預けてあった笛や鉦《しょう》を持ち帰って、村に古くからある大杉ばやしを奏でる組もあった。

正造が村を留守にしているため、久しぶりに書きものの手が空いた宗三郎も、ひとりおくれて海老瀬村の盆踊りに出かけた。渡良瀬川沿いの堤を歩いて行くと、向うから二人連れの男女が戻ってくるのが見えた。宗三郎が声をかけようとしたとき、その二人連れは、蛍の飛び交う芦《あし》の中に吸いこまれるように消えた。

宗三郎の顔を見ると、海老瀬の青年たちは豆絞りの手拭《てぬぐ》いをくれた。残留民が来る度に、一本ずつ手渡しているのだ。

宗三郎が着いたときは、ちょうど大杉ばやしが終って、踊りの輪がとけたところであった。知った顔を探して歩いて行くと、杉の幹にもたれてうつぶせている年輩の男が居た。ま新しい手拭いを二本下げた女の子が、心配そうに寄り添っている。大工の栄五郎であった。立ちどまった宗三郎を上眼づかいに見て、

「胃が重くてかなわん」

と言う。宗三郎はミチ子に訊《き》いた。

「母ちゃんは」

「あっち」

頭を谷中の方へ向ける。

「家に居るのか」

「知らん」

「仕様がねえ女だ。こいつの母ちゃんは」

栄五郎は腹を押えて言った。その口ぶりに、宗三郎はふと思いついて、まわりを見渡した。谷中の若い者はほとんど来ているのに、義市の姿はない。堤の途中で行きちがった二人のことが頭をかすめる。宗三郎は胸の中がかわいた。

仮小屋住いの中でも、若い男女が幾組か結ばれている。だが義市に限って……。相手が子持ちの寡婦《やもめ》であり、また勇蔵の養子息子《むすこ》だからということだけではない。義市は宗三郎とともに、若い者の中で正造の手助けのできるほとんど唯一の仲間である。正造をみならって、女などには眼をふさいで、谷中復活の運動に没頭すべきである。女に溺《おぼ》れるような気のゆるみがあってはならないのだ。宗三郎はまた正造の妻のみじめさを知っている。それだけに女を伴侶《はんりょ》としてみじめさの中に巻きこみたくないという警戒心も働く。

だが、そう思いながらも、若い宗三郎の心の底には、女とたのしめぬ憂さのようなものがわだかまっているのも事実であった。

「ひどう痛むだかね」

宗三郎は、堤の上の幻影をふり払って、訊《き》いた。

「いまにはじまったことでねえ」

顔も上げず、声だけで強がる。栄五郎は、鉱毒水をのんでから、ずっと胃腸をこわしている一人であった。

はやしがまたはじまった。

「おじいはいいから、おどってこい」

孫娘を追い立てる。宗三郎は、空元気を見せているその横顔に、口を近づけて言った。

「栄五郎さん、いつか青年会できめたんだけど、雷電神社の拝殿を直してもらいたいと思うんだが」

「直すと言ったって、いまはもうくさった柱が突っ立ってるばかりだ」

「そこにちょっと板をはることができんだろうか」

「どうする気なんだ」

栄五郎は顔をしかめて訊く。

「田中さんの寝るところにしたいんだ」

「田中さんなら、勇蔵の家あたりに寝てもらったらいいだろう」

「それがやっぱり気がねして……、三日前に足利から来た手紙に、雷電神社は村の中央でみなにも会いやすいし、いまは気候もいいから、そこで休みたいと書いてこられたんだ」

「ほおう。田中さんがそんなことを。珍しいことだ」

栄五郎の声は暗かった。

宗三郎は黙ってうなずいた。二人の気持の底を同じような不吉な予感が通い合う。高いはやしの音も、耳の外を流れるばかりであった。

栄五郎は、しばらくして、気をとり直して言った。

「いまは夏だから、いいかも知れねえ。あそこは寝ながら星の数だって数えれる」

突然、宗三郎は背後から肩をたたかれた。ふり返ると、浴衣《ゆかた》を着た背の高い男が笑っている。

「ちょっとこっちへ」

宗三郎を手招きして、杉の木から二、三歩離れた。

「どうだね、帰りにわしの家へ寄って行かんか」

浴衣姿なのでとっさにはわからなかったが警察の分署長であった。

宗三郎は背をひいて身構えた。

「家へ？」

「そうだ。どうせ堤を回って帰るんだろう。ちょっと寄ったら、どうだ」

「………」

「サイダーでもごちそうするよ」

いつもの分署長とは別の人のような、親しそうな口のきき方であった。宗三郎はいっそう警戒して返事をしなかった。何か罠《わな》があると思う。

分署長は誘うのをあきらめ、踊りの輪の方を見た。

「お前たちもよくがんばったな」

「え？」

「田中さんもずいぶん疲れたろう。もう歳が歳だからな」

足利からの手紙には、麦湯・玄米湯などをとっていて、少しも気力は落ちていないと記してあった。それにしても、何を探るつもりなのかと、宗三郎は気を許さない。

分署長は横顔を向けたまま、

「田中さんはただの人じゃない。あの人の書いたものは、葉書一枚でも大事にしておくがいいよ」

そう言うと、あっけにとられている宗三郎を残し、大股《おおまた》に歩き去って行った。

後になってわかったことだが、分署長はそのとき、正造が病に倒れた報《しら》せを受けとっていたのだ。

一〇

正造は七十三歳。菅笠《すげがさ》、首に頭陀袋《ずだぶくろ》を下げ足袋《たび》はだしという相変らずの乞食《こじき》姿で、その年も、渡良瀬・思《おもい》・巴波《うずま》の各河川の上流を歩き回っていた。逆流被害踏査のためではあったが、かつての鉱毒地域の人々への永別の旅ともなった。

正造はときどき死を口にした。宿をめぐんでくれた家の主婦に、

「田中さんは生きている中は襤褸《ぼろ》ばかり下げて汚ならしい爺《じい》さんだが、死ねば佐倉宗五郎のように神様になるんだね」

と、からかわれ、

「死ねば馬に食わせるとも、川に流すともどうでもいい。わしは谷中の仮小屋でのた

れ死するんだよ」

「のたれ死だって」

「そうだ。人の世話にならず医者にもかからず、薬ものまぬつもりだ。できるなら、三人位で道を歩きながら、ころりと死んでみたいものだ」

そう言って笑った。

七月の末になって、水害調査の報告書をつくり、その印刷費を調達するため、正造は足利に居る甥《おい》の原田《はらだ》定助《さだすけ》を訪ねて行った。原田は一目見て正造の体の衰弱のはげしいのにおどろき、静養するようにすすめた。正造は、そこで印刷を進める都合もあって、しばらく滞在することにした。足利には、原田の他にも鉱毒運動以来の援助者があり、資金を集める仕事もあった。

原田は、桐生《きりゅう》の実家に戻っている正造の妻かつ子にこっそり連絡をとった。かつ子はその日の中に駈《か》けつけてきて、正造のための清潔な夜着や敷布をととのえ、夫の帰りを待った。

だが、印刷所から戻ってきた正造は、妻の姿を見ると、顔色を変えた。

「病気だからといって、のんきに寝ては居れん。谷中へ行き、東京へも行き、中村弁護士に会って法廷に立つこともせんければならん」

頭陀袋をとると、そのまま原田の家を出て行った。財産や身分だけではなく、夫婦の愛情さえも正造には余計なものであり、廻《まわ》り道であった。正造は議会生活で二十年の損をしたと言ったが、夫婦だけの時間もまた、一分間といえど、損に感じるのだ。

旱天《かんてん》つづきで土ぼこりの舞う道を、正造はよろめきながら谷中に向った。途中、佐野の同志の家で一泊。そのときには、谷中まで戻る体力の尽きたことを知った。

翌日、正造は谷中とは同じ渡良瀬川沿いにある吾妻《あずま》村小羽田の雲竜寺《うんりゅうじ》をめざした。そこは鉱毒問題で渡良瀬沿いの農民たちが最初に寄り集った思い出の場所である。明治三十年からはじめて四回にわたる被害民の大挙請願の列も、そこから出発した。正造の病み衰えた眼には、蓆旗《むしろばた》をかかげて、寺を埋めつくした千を越す被害民の群が、いまも見えるようであった。もちろん、住職とも旧知の間柄である。寺のことだから、わずらわされることも、また厄介をかけることも少くてすむ。そこで静かに死にたいと思った。

だが、たどりついてみると住職は居なかった。不細工な菅笠《すげがさ》、足袋《たび》はだし、手に佐野でもらった梅干の罎《びん》を下げているみすぼらしい老人を、家人は怪しんで追い払った。

強い日射しの中を、正造は重い体を戻した。

炎のような熱線に、筑波も赤城もゆれおどり、堤の道は砂金をまぶしたように正造の眼を射し貫いた。渡良瀬川はうだったように流れを止めている。油光りするその川《かわ》面《も》から、吹き上げてくる風も熱かった。すべてが息をとめた中で、芦《あし》のしげみから行々子《よしきり》が耳が痛いほど啼《な》きつづけた。

十丁ほど歩くと、かつて兇徒嘯集罪《きょうとしょうしゅうざい》に問われた鉱毒運動の同志庭田《にわた》恒吉《つねきち》の家があったが、そこも一家出払っていた。

正造が納屋の柱にもたれていると、かすかに子供の声がきこえた。その声にひかれて、竹藪《たけやぶ》伝いに裏手に廻《まわ》る。庭田の新家の清四郎《きよしろう》の家で、小学生の子供二人が遊んでいた。上の子が正造を知っていた。蒼《あお》ざめむくんだ顔がこわかったのであろう、「父ちゃん呼んでくる」後も見ないで走って行った。

正造は子供たちの遊んでいた縁先の廊下に体を投げ出し、そのまま意識を失った。

宗三郎が庭田の家に着いたとき、正造は右を下に横臥《おうが》して、顔をしかめていた。

「今度はとうとうやられたよ」

陽灼《ひや》けした額の深い二すじの横皺《よこじわ》。ひしゃげたような右眼の光がやさしかった。

「わしは物事に対して先天的に破壊性を持って居る。いけないと判断すると、どこまでもその物を破壊してしまわないとがまんできんかったが、今度は自分で自分の体を破壊してしまうことになった」

　正造は苦しそうに笑ってから、

「だが、病気は問題ではない。問題ではないんだ」

　あえぐようにくり返し、

「人間は終局を思うようなことでは仕事はできん。『道はおれが開いてやる。開けるだけ開いてやる。後の始末はしてくれよ』という考えでなければ、何事もできないよ」

　胸につまったものを吐き出すように言ってから、仰臥《ぎょうが》した。

　近在から、また東京から、見舞客が次々とつめかけてきた。残留民は谷中から四里の道を毎日交代で見舞につめた。

　宗三郎と入れちがいに来たかつ子夫人を、正造は照れくさそうな笑いを浮べて見上げた。夫人には何も言わず、枕《まくら》もとの人々に、

「うちのばばあは何も知らないんですからね。よろしくおねがいしますよ」

　次の間から笑い声が漏れた。

「田中さんこそ、世間知らずのくせに」

　夫人は六十五歳であった。十六歳で結婚してから、領主六角家の改革にからんでの入獄・追放、県官暗殺の無実の嫌疑による投獄、国会開設期成運動、三島県令に反対

し加波山《かばさん》事件に連坐《れんざ》しての入獄、六期連続の国会議員、さらに鉱毒事件への深入りと、夫は次から次へと事件に飛びこみ巻きこまれ、家に居つかなかった。正造と同じ屋根の下にくらすのは、何年ぶり、いや何十年ぶりであろうか。

夫人は昼も夜も休みなしにつとめた。正造の加減のいいときは、二人しきりに何か細々と話しする声がした。尚江は、夫人の老齢を気づかいながらも、強いてその看護を人に代らせようとはしなかった。

尚江にとって、茅葺《かやぶき》二階建のその大きな庭田家は記念すべき家であった。社長の島田三郎に命じられ、毎日新聞の特派記者としてはじめて鉱毒地に下り立ったとき、最初に飛びこんだのが、その庭田清四郎の家であったのだ。太い孟宗竹《もうそうちく》が立ちながらくさり、片手でつかんで引き抜ける惨状を尚江は細かに書き送り、それを読んだ正造がお礼に来社したのが二人が知り合うきっかけとなった。

その家で、正造の最期を見守ることになる——。社会主義運動からしだいに遠ざかり、宗教の世界への傾斜を深めていた尚江は、そのことにも深い摂理を感ずるのであった。

風の無い蒸すような暑さの日がつづいた後、まる二昼夜、風雨が荒れた。出水に備えて小舟が二艘《そう》、病室の縁先につながれた。渡良瀬川は赤く濁ってふくれ上り、すさまじい勢で逆流しはじめた。谷中遊水池を無用にして荒れ狂う逆流の水勢のはげしさを、尚江ら東京から来ている客たちに、正造に代って教えようとするもののようであった。

　正造が気にしていた中村弁護士が訪ねてきたのは、嵐《あらし》がやんで三日ほどした後のことであった。寝ついてからすでに二十日近く経っている。手紙のやりとりこそあったが、中村が姿を見せなかったことが、正造には不安でもあり、また不満であった。その日は加減も悪かった。中村に会釈《えしやく》しただけで、遂《つい》に一言も口をきかなかった。中村もまた「お大事に」と言っただけで、病室を退《さが》った。そうしたところにも、いかにも検事上りらしい態度が残っていた。

　中村ひとりでなく、実弟の久須美弁護士も応援している。それでも正造は、

「谷中問題は複雑で大きい。若くて経験に乏しい中村さんあたりには荷が大きすぎる。村大工に城の普請を請け負わせたようなものだ」

　と不安がり、弁護士をさらに増やすよう東京の友人にたのんでいた。訴訟という何より気がかりのことに何の目鼻も立たぬのが、正造を最後まで苦しめているようであった。

　中村は、宗三郎を相手に訴訟の打合せをした。そのとき、悲しい報《しら》せを告げた。宗三郎に学問をすすめてくれた親切な渡辺鑑定人が急逝したというのだ。正造が倒れる前日、八月二日のことであった。

渡辺は残留民に同情し、三月の臨検の後もさらに一度、自費で谷中を見に来ていた。その鑑定書が提出されたならば、裁判を有利に展開できる見込みがあったのに……。

「渡辺さんが……」

宗三郎はあえぐように言った。

「わたしに学校に上るようにすすめてくれました」

「そうかね。政治家肌の人だが、そんなことを……」

中村弁護士の声は冷え冷えとしていた。宗三郎は、口惜しく、焦立《いらだ》たしくて、じっと坐《すわ》って居られぬ感じであった。就学の望みは完全に絶たれてしまった。

正造は、谷中が解決しさえすればと言った。正造が死ねば、不幸な形だが、谷中には強制的な解決がもたらされそうである。宗三郎の心の隅に、その日のことを期待する気持がないでもなかった。だが、もはや、たとえそうした解決があっても、渡辺自身が先立ってしまったのだ――。

宗三郎は中村を送って出る気力もなくした。

代りに尚江が、館林《たてばやし》の駅まで送って行ったが、帰ってきて宗三郎に言った。

「なかなか来られなかったわけだ。旅費が捻出《ねんしゅつ》できなかったそうだ。質屋に行ってやっと出かけて来られたと笑っていた」

宗三郎は、中村の払っている犠牲の大きさをはじめて知った。そして、毛利弁護士の欠席つづきに、〈無理のつづく筈《はず》がない〉とこぼしていた正造の顔を、不吉な思いで想起していた。

近在の農民たちに加えて、佐野・富田《とみた》・館林《たてばやし》の三つの駅から下車する人々は、ほとんど正造の見舞人という有様で、多いときには七十台もの人力車が庭先に集った。だが、正造の不安を誰よりも慰めるべき弁護士が訪れたのは、ただその一回だけであった。

寝ついて一か月目の九月三日の夕方、正造は少し元気をとり戻した。葡萄酒《ぶどうしゅ》を盃《さかずき》に一杯のみ、大根の味噌汁《みそしる》をおいしそうにすすったが、間もなく吐いた。正造の希望で医者も薬も退けたいまは、大往生を待つばかりであった。

翌朝、正造は、

「大勢来てるそうだが、うれしくも何ともない。みんな正造に同情するだけだ。正造の事業に同情して来ている者は一人もない。行って、みんなにそう言え」

左眼をつり上げて言った。それが最後の言葉であった。

尚江に背を支えられてふとんの上に起き、音を立てて長い呼吸をしはじめた。そして、夫人が団扇《うちわ》で送る風を受けながら息絶えた。大正二年九月四日十二時五十分。庭先には初秋の陽《ひ》がまぶしく溢《あふ》れていた。

枕《まくら》もとに残された頭陀袋《ずだぶくろ》を開けると、鼻紙と、読み古した新約聖書。それに、いくつかの小石があるだけであった。小石を拾い集めること――それが正造の趣味らしい趣味であった。

雲竜寺から、正造の死を知らせる鐘の音が渡良瀬川の川面《かわも》を越えて鳴りひびいた。青い炎の燃え立つ畦道《あぜみち》を、堤の道を、人々が駈《か》けてくる。徒歩で、俥《くるま》で、舟で、集ってくる人々の数は増えるばかりで、桑畑も堤防も人で埋まった。人々はじっと立ちつくして、庭田の家を見守った。泥のかわいた股引《ももひき》、草鞋《わらじ》、紺の手甲《てっこう》。その上に、うつろになった黒い顔があった。菅笠《すげがさ》をとり、束ね髪をみだし、男も女もただ立っている。

〈よしよし、正造がきっと敵討《かたきう》ちしてやるぞ〉

二度とは聞けぬやさしい声を求めて。

宗三郎が外に出てみると、群衆の最前列に、嫁のハルに支えられるようにして立っている栄五郎の姿があった。

栄五郎は声を立てて泣いていた。泣きながら、

「雷電神社で死なせたかった」

と言った。

勇蔵・義市の養父子も居た。

「これで全部おしまいだ」

勇蔵は咽喉《のど》をふるわせた。

さわやかに晴れ渡っていた空が、夕刻近く密雲に蔽《おお》われ、たたきつけるような雷雨となった。雷は下野の空をひき裂かんばかりの音を立てて轟《とどろ》きわたり、渡良瀬の川面ははげしい水しぶきで沸き返るように波立った。

だが、黒々と野を埋めた人は動かず紫の閃光《せんこう》を浴び、強雨に打たれながら、いつまでも死の家を見守って立ちつくしていた。

第二部　騒　動

一

葬列の先頭を進んでいた二本の銘旗が、まず倒れた。白地に「弔故田中正造翁之霊」と筆太に書かれているだけの、簡素だが、大きな旗である。

鉱毒被害地の青年たち六十人が素足のまま交互にかついできた三間もの長さの輿《こし》が、本堂脇に静かに下される。すでに棺は取り払われているが、まるで病人でものせているような扱い方であった。

砂利をふむ音がつづき、白い砂ぼこりが舞い立つ。雲竜寺での密葬を終ってから佐野町の火葬場へ、さらにその雲竜寺に戻るまで往復三里もある道のりを黙々とつき従ってきた数百人の会葬者たちが、雲竜寺の境内に溢《あふ》れて来る。

鏡の破片でも降りまくような強い初秋の陽光。草いきれが蒸してくる。日ぐらしの声は寺をとり巻いて、なお熱さをかき立てた。

宗三郎は、ぼんやりした頭で、正造の棺の軽さを思い出していた。棺は、木の目方だけのような軽さであった。子供心に坂上田村麻呂のように思ったがんじょうな体が入っているとは思えなかった。入っていたとすれば、それは生きながらに羽化登仙してしまった体であった。

ほんとうに正造は、死んで葬られたのだろうか。棺の隙間《すきま》からするりとぬけ出し、白くみだれた顎《あご》ひげをしごき、ひしゃげた右眼をいたずらっぽく光らせて、「よしよし、正造が敵討《かたきう》ちしてあげますぞ」と語りかけてきそうである。正造を永久に失ったという実感はなかった――。

小さなミチ子の肩につかまり、大工の栄五郎が歩いてきた。

「大丈夫かね」

栄五郎は無言でうなずく。胸をまるめて呼吸も苦しそうである。

「ハルさんは？」

思わず口にしてから、宗三郎は悔んだ。なぜ、ハルのことを気にするのかと思う。義市といっしょに居るにちがいないハルの姿に嫉妬《しっと》しているのだろうか。

「別のところに居らあ」

栄五郎は、吐きすてるように言って眼をそらした。

義市らも会葬者の渦《うず》のどこかに居るにちがいない。谷中残留民は、宗三郎ひとりを別にして、ほとんど葬式の仕事につかなかった。つけなかったといってもよい。四県下にわたる鉱毒被害民が、喧嘩腰《けんかごし》になってその仕事を奪い合ったのだ。谷中の人々には、それに割りこむ気力はなかった――。

寺の下働きの男衆が、手桶《ておけ》に水をみたして運んできた。会葬者たちの手がいっせいにのびる。その人の渦の動きにはじかれ、栄五郎は前のめりになりながら言った。

「お巡りがえらく大勢来てるじゃねえか」

宗三郎は、栄五郎の眼の先を見た。手桶を奪い合う手の中に、巡査の角袖《かくそで》がまじっている。

「ほら、あそこにも居らあ」

栄五郎のふきげんな声につられて、眼を動かす。サーベルが細く鋭く光った。

会葬者の中にも、いく人かの警官がまぎれこんでいた。背広を着たり、羽織をつけたりしているが、宗三郎には見おぼえのある顔である。警官の数は何十人にもなろう。生涯、尾行のついていた正造は死んだ。それなのに、葬儀の場にまでおびただしい警官が入りこんでいるのは、どうしたことなのか。何を警戒するのか。何をさぐろうというのか。死んだ後まで、正造にいやがらせをしようというのだろうか。

宗三郎は、しだいにけわしい眼の色になった。栄五郎の気分が移ってくる。何ごともないような顔で、柄杓《ひしやく》で水をのんでいる人々が憎くなった。

そのとき、宗三郎は名を呼ばれた。本堂の広縁に立って、勇蔵が叫んでいる。耳が遠いだけに、叫ぶ声も大きい。

宗三郎は人ごみを分けて本堂に上って行った。

「原田さんが相談があるといわれるんだ」

勇蔵は気ぜわしそうに言って引き返す。足利町の素封家原田定助は正造の甥《おい》に当り、かつ子未亡人に代り、親族総代として、葬儀を采配《さいはい》している。

本堂に入ると、縁近くに中村弁護士が話相手もなく、一人ぽつねんと坐《すわ》っていた。

〈これから何よりも頼りにしなくてはならぬ人なのに〉

宗三郎は、思わず足がすくんだ。だが、とっさに声が出ない。〈膝《ひざ》まずき、すがりついてでも、今後の支持をたのまねばならない〉そういう思いだけが先走って行く。

宗三郎は、心の底からの哀願を眼の光にこめて、会釈《えしやく》した。だが、金縁眼鏡をかけた中村弁護士の浅黒い顔は、無表情のままであった。正造の不安通り、ふいと訴訟を投げ出されそうな予感が胸を走る。

本尊のすぐ前に、かつ子未亡人と原田を芯《しん》にした大きな車座ができていた。すでに腰を下していた勇蔵が、身をずらせて宗三郎の席をつくった。

眼の先に、木下尚江が腕組みをして瞑目《めいもく》していた。宗三郎の気配に、うすく眼を開ける。

大勢の警官はこの札つきの社会主義者のために来ているのではないかと思えたが、尚江の滞在はすでに永く、その間一度も張りこまれたことはない。とすると……。疑問が起ってくると、胸の中に納めておくことができない。正造の気質が伝染している。その場の空気にも構わず、口を開いた。

「警官がずいぶん来ていますが、どうしたんでしょう」

尚江は瞼《まぶた》を閉じた。警官なぞ、自分の世界の人間ではないといった表情である。

宗三郎は座の人々を見廻《みまわ》した。二十五歳の宗三郎から見ると、父にも祖父にも当る年齢の人々ばかりである。それぞれ鉱毒運動を闘った村々での有力者たちであった。

その先から、原田定助が笑って答えた。

「警察の思惑外れだよ。田中さんが死ぬとき『わしの死骸《しがい》を控訴院に担ぎこめ』と遺言したというんだ。そんな噂《うわさ》を真に受けて、警戒してるんだよ。死んだ田中さんが、生きた警察を走らすというわけだな」

幾人かが釣《つ》られて笑った。宗三郎も、ほっとしたが、不愉快な気持は拭《ぬぐ》い切れなかった。それはもともと、正造の執念のすさまじさから生れた悪意のない風評であったかも知れぬ。だが、警官隊が実際に動いたことで、意味がちがってきた。正造といえば途方もない煽動者《せんどうしゃ》、被害民といえば暴徒ときめてかかる見方が、葬儀に於《おい》てさえ例外を見ようとしないのだ。すさまじいのは、官憲の執念の方である。

何百という会葬者の中に居ながら、宗三郎は肌寒さを感ぜずには居られない。谷中残留十八戸の人々が、この寒さの中に一人ずつさらされているのだと思う。正造は、寒さを感じさせるより先に、体ごと官憲に突き当って、火傷《やけど》しそうな火花を見せてくれた。その火花に、誰もが体の中の熱を呼びさまされた。そればかりでなく、正造が居ることで、十八戸はあたたかく一つに結ばれ、また世間の温情ともつながれていた。その正造が居ない——。

原田に名を呼ばれて顔を上げると、

「墓所のことで相談をはじめたところだが」

「墓所？」

宗三郎は、かたい声になった。葬儀が終れば、墓地のことを相談するのは当然なことかも知れぬが、宗三郎には余りにも手筈《てはず》が進みすぎるという感じがする。隣の勇蔵老人も同じ気持と見え、頰《ほお》をふくらませ、眼だけ光らせている。

「親族一統としては、故人の意志もあることだから、谷中に埋めるつもりでいた。ところがいろいろ反対が出てきて……」

老人たちが、待っていたように、いっせいに口を開いた。

「谷中じゃ、また水に漬《つ》かるかも知れん」

「田中さんは旗川《はたがわ》村小中《こなか》の生れでがす。代々の菩《ぼ》提所《だいしょ》も小中の寺だから、小中に頂くのが当然でがす」

「いやいや、田中さんの人物というものは佐野でき上った。政界に出られたのも佐野からだ。どうしたって佐野に……」

少しおくれて、庭田老人の声がひびく。

「田中さんは、鉱毒運動に一生を捧《ささ》げられた。その運動の本部だったこの雲竜寺こそ、いちばんんだ。それに田中さんは、この在のわしの家で亡くなられた。はじめから因縁が定まっておる」

死の家となった当主の声には、逆らえないような重みがあった。

だが、すぐまた声がみだれた。佐野を、小中を、雲竜寺を、と老人たちは腰を浮かせて言う。村々から来ている住職たちまで巻きこまれた。

宗三郎は、いっそう冷え冷えとした気分になった。墓なぞ、どこでもいいではないとなのだ。問題は、田中さんの亡くなった後のこの寒々とした間隙《かんげき》をどう埋めるかということか。

話のとぎれるのを待ち、宗三郎は声をおさえて言った。

「谷中じゃお受けする肚《はら》はございません」

亡くなってからというもの、それぞれが心を立て直すのにいっぱいで寄り合いらしい寄り合いも開いていない。だが、残留民共通の気持を代弁している自信はあった。

「どういうことなんだね」

原田がおどろいて訊《き》き返した。

「みなさん方とちがって、谷中じゃまだ問題が何も片づいちゃ居《お》らんのです。お墓の守《も》りのできる状態じゃありません」

「そまつなことはできんからな」

勇蔵老人が、声を添える。座は、ちょっとしらけた。

宗三郎は構わず続けた。

「田中さんが反対して居られた渡良瀬川の改修工事も、いよいよはじまります。それに、この勇蔵さんの家もふくめて、堤外の三戸もあらたに買収を迫られてる状態です。とてもお墓の守りなぞは……」

内務省と栃木県当局とは、谷中村の西北に当る藤岡町の高台を切り開き、それまで村境を流れていた渡良瀬川の水路を変えて、直接、谷中の上手から村の中央に流しこむことを計画した。

「渡良瀬川改修工事」の名で呼ばれるものの、下手からの逆流だけではなく上手からも流しこむことで、一挙に谷中を遊水池化してしまう工事であった。

「わしは、絶対、買収に応じんでがす」

勇蔵が太い声で言う。

「またまた、いやがらせや迫害がはじまるでしょう。田中さんが居られぬので、いったいどうなることかと……」

宗三郎は、そう言って、一座の反応をうかがった。咳払《せきばら》いしたり、汗を拭ったりするだけで、誰も言葉を出さない。

宗三郎は、たたみかけた。

「田中さんの霊を悲しませないようにするだけでも、残留民には大変な仕事なんです。……谷中復活こそ、田中さんへの供養だと思うんですが」

一座の誰かの口から聞きたい言葉であった。それを自分から言うことに、ためらいと、いまいましさがあった。そのためか、口調は昂《たか》ぶったものになったが、それでも反応はなかった。

日ぐらしの声が、本堂のまわりから降り注いでくる。

「宗三郎君の言う通りだ」

腕ぐみした手を膝《ひざ》に戻し、尚江が口を開いた。

「きみたちが、ほんとうに田中さんを崇拝するなら、田中さんの葉書一枚でも胸にたたみこんでおくがよい。葉書の精神を、大切にすることだ」

寺の境内には、人のごった返す足音や話声が続いていたが、本堂の中の人々は座談の内容を聞き伝えてか、静まり返っていた。眼だけが重なり合うようにして、宗三郎らをみつめる。

ひとり離れて、中村弁護士は相変らず無関心に、煙草の煙を吹き上げていた。

「いっそ、どうだろう、ここと佐野と小中と、そして谷中の四か所に分骨して葬《とむら》うことにしては……」

「そうだ。谷中も分骨を受けるべきでがす」

老人の一人が勢づいて言った。

「しかし、木下先生も言われるように……」

「宗三郎。それじゃ、あんまり恩知らずだ。受けなさい」

尚江は無視された。尚江と議論すれば叶《かな》わないことを誰も知っているし、また、やり合うほどの親しみも感じていない。正造とはちがって、所詮《しょせん》、無縁の人だと思われている。

「田中さんの遺志も、御遺族の意向もそうだというのに、受けないことがあるか」

腰を浮かせて叱責《しっせき》され、

「田中さんは、谷中で野垂れ死したいと言っておられたけど、何も谷中に墓をつくれとは……」

「それが恩知らずだ。わしらはわしら運動仲間の中から忘恩の徒を出しとうはない」

「お墓づくりも、お墓の守りも、わしらが手伝うからどうだね」

なだめながら、誘う人もある。

宗三郎は、勇蔵の顔を見た。この勢の中でなお反対すれば、残留民全体が周囲から浮き上ってしまい、同情や支持を失うことは明らかである。

しばらくして勇蔵老人が言った。

「お骨は頂きましょう。けど、いちばんいいのは、足尾銅山の麓《ふもと》から渡良瀬の川の中に骨と灰をまいてしまうことでがんす。田中さんも、いつかわしにそう言われた。渡良瀬の川に流せば、鉱毒被害地にまんべんなく田中さんの霊が行き渡るわけでがんす」

日ぐらしの声だけが、その後に続いた。

二

秋も深まった一日、宗三郎は、相談したいことがあるので上京して欲しいという中村弁護士からの手紙を受けとった。

その日は、大工の栄五郎が宗三郎の家の水塚の先で仕事をしていた。神社の拝殿の型をした祠《ほこら》をつくっていたのだ。正造がそこで死にたいと生前口ぐせにしていた雷電社の原型によく似ていた。大きさは両手の中に抱えこむ程度である。

正造の分骨を祀《まつ》る谷中地内の場所については、種々経緯があった末、宗三郎兄弟の庭先が選ばれた。兄弟が選んだわけではなく、鉱毒運動の長老たちや周辺の有力者たちの意見に従った結果である。

宗三郎が弁護士からの手紙をにぎったまま立ちすくんでいるのを見て、栄五郎はノミを動かす手をやめた。

「何か、よくねえ手紙なのかい」

宗三郎は無言でうなずいた。本堂の隅でひとり無表情に煙草をふかしていた中村の顔が眼の前にひろがってくる。あの後、中村は宗三郎と口をきくのを避けるようにして早々に帰京してしまった。知人の紹介で中村を引き出した正造はすでに居ない。この上、困難な無報酬の弁論をつづける理由がなくなったと言ってよい。「相談」とは、訴訟の打切り・和解の勧告だと直感した。

宗三郎が、その不安を話し出したところへ、勇蔵の養子義市がやってきた。紙の小袋に納めた金を持っている。祠の材料費はじめ運動のための費用を、余裕ができたとき各戸が持ち寄ることにしてあるのだ。

栄五郎は、胃が重いのか、ほとんど顔も上げずに宗三郎と話をしていたのだが、やってきた野良着《のらぎ》姿の男が義市とわかると、けわしい眼の色になった。挨拶《あいさつ》にも答えない。一方、義市はおどおどしていた。小銭の入った袋を宗三郎に渡して、急ぎ足で立ち去ろうとする。

宗三郎は、あわてて呼びとめた。中村弁護士からの手紙のことについては、義市とも話したい。残留民の中で運動のできる若い男というのは、義市しか居ない。

「いっそ寄り合いしたらどうだね」

話半分で、義市は逃げ腰になる。

「そんな必要は無《ね》え。田中さんの考え通りやるんだ」

栄五郎がどなった。

「しかし、こちらがその気でも弁護士が下りてしまえば、どうしようもないですよ」

そう言う宗三郎に、義市はせきこんで、

「家に寄り合ってもらうよう触れて歩こうか」

強制破壊をまぬかれて残っている義市の家は、残留民唯一の寄り合い場所である。

「寄り合いなんか、いらねえ。田中さんのきめられた通りやるんだ」

栄五郎がまた大きな声を出した。仮小屋のかげから、兄の子供たちがびっくりした顔をそろえる。兄夫婦も老母も、わずか残った畑を耕しに出ていて留守である。

空気はすみ渡り、すすきの白い穂波のゆれる先に、赤城山が浮き出ていた。明るい赤みを帯びた山腹に繭《まゆ》ほどの雲がかかって行く。

義市が萱《かや》の茂みに消えるのを見送ってから、

「どうしたんだね、栄五郎さん。ぽんぽんどなってばかり居て」

「どうもこうもあるか。ハルの奴がとうとうあいつのところへ」

「え?」

宗三郎は、急に胸がかわいた。盆おどりの夜、連れ立って草むらに消えた二人の姿がなまめかしく思い出される。

「一昨日の夜、おれに口答えした末、飛び出て行きやがった。病気の老人や子供をすててよ」

宗三郎は、心のゆれを気どられまいとして、

「病気の老人と言ったって、栄五郎さんみたいに気の強い人は……」

「気の強いのはあの女の方だ。あんな意地っぱりの嫁は……」

「すると、家には？」

「ミチ子だけだ。近所の家の子供と遊んでいる。あそこも、母親が鉱毒で殺されて居ねえ。母親の無い子同士、仲よく遊んでるよ」

気張って言っているのが、その口調にあらわれていた。

「早晩、ハルさんは籍を抜いて、義市と再婚ということだね」

「まさか。ハルは子持ちの寡婦だよ。いくら何だって……。勇蔵さんだって許しゃしねえや。あんなでけえ家なのに、家の中へ住まわせねえと言ってる。おかげでハルは義市ともども納屋に寝起きしているという話だ。もっとも、納屋と言ったって、こちとらの仮小屋よりはましだろうが」

宗三郎は応えなかった。どんな暮しでもいい。女といっしょに過してみたい。むせぶようなふくよかさに触れていたい——一筋の強い渇きが走る。男と女が結ばれるこ

とを、正造も祝福していた。こわされる底から、人間の生命が回復されて行くしるしをそこに見たのだ。

だが、一方には、正造自身のこの上なくみじめで非道な結婚生活があった。正造の後を追って運動を続ける限り、寡婦同然だったかつ子夫人の苦しみを、宗三郎はその女に味わわせねばならなくなる――。

勇蔵の家での寄り合いには、そこからいちばん近い健作《けんさく》が姿を見せなかった。触れ廻《まわ》ったときには居たのだが、寄り合いの時刻には村を出ていた。

「あいつは、りこう者じゃけん」

勇蔵老人は、いまいましそうにつぶやいた。

これまで収用をまぬがれていた堤外三戸に対して、新たに内務省から示された買収価格は、谷中堤内に適用された県の価格の四倍近かった。その価格に、健作がよろめいている。三十代半ばの血気盛りでありながら、「どうにもならん」と、よく口ぐせに言う健作であった。

勇蔵は、内務省の係員に会おうとさえしなかった。

残りの一戸である耕之進《こうのしん》の家では、息子を日露戦役で亡くし、娘二人を嫁にやって、残った老夫婦は二人とも文盲であった。小作に出してある所有地は広く、二町歩を越えた。
耕之進は買収に反対であったが、「もしほんとうに国家公益のための河川敷地とし
て役に立つのなら、ただで献納してもいいとさえ思っている」とつけ加えた。戦死し
た息子《むすこ》のことが、頭にあったのかも知れない。係員は、「改めて検討して、ほんとう
に国家公益のためになると納得して頂いたとき、買収に応じて頂きましょう。その旨、
一本認《したた》めます」と、二通の念書を鉛筆書きして、それぞれ印を捺《お》し合った。字の読め
ぬ耕之進は言った通りのことが認めてあると思ったのだが、半月ほど後、突然、内容
証明便で金券が送られてきて、係員の策略にかかり買収の手続きをとられてしまった
のを知った。
耕之進は怒ったが、最後には、「泥坊相手にけんかしても仕方がない」とあきらめ、
娘の嫁ぎ先をたよって村を離れて行った。秋のいちばんいそがしい季節、それに渡良
瀬改修反対や分骨問題で、宗三郎が村を留守にする日の多い時のことであった——。
寄り集ってみたものの、いまさら名案の出る筈《はず》はなかった。もともと弁護士に謝礼
は払っていない。無報酬の仕事をこれまで続けてくれたのは、中村の好意ひとつによ
るものである。中村が投げ出すと言えば、それ以上の強制はできない。

しかし、控訴院での裁判こそ、谷中にとっては唯一の活路である。和解したのでは、これまで残留した意味もなくなるし、正造の遺志にもそむくことになる。とすると、中村にすがりつき、その同情をあらためてかき立てる以外に方法はなかった。

宗三郎が、当然のことのようにその役目を請け負わされた。自信はなかった。ソファにそりくり返ったまま正造の顔を見ようともしなかった早川弁護士はじめ、正造とともに訪ね廻った弁護士たちの家々が思い出される。彼等にとって谷中問題は、貧乏神でもあり、疫病神《やくびょうがみ》でもあった。門前払いをくわされなければ感謝していい形勢であった。正造が出かけて行っても、その始末である。若い百姓にしか過ぎぬ宗三郎に、弁護士説得の自信の湧《わ》く筈《はず》はなかった。

兄の宗吉は、もともと無口な性質なのだが、寄り合いの間中、黙りこんでいた。宗三郎の仕事ときまったとき、そのまるい大きな眼が光った。宗三郎の眼の奥をのぞきこみ、〈しっかり頼んでくるんだぞ〉と励ましている。

宗三郎は、上京することにきめた。宗吉に旅費をもらい、重い足どりで古河の駅に向った。

二

六時少し前、上野駅に着き、駅前でそばを食べてから、ゆっくり時間をかけて歩いて行ったのだが、駒込《こまごめ》の中村弁護士の家ではまだ夕食の最中であった。

出てきた中村は、金縁眼鏡の奥にうすい笑いを浮べ、

「茶漬一杯でも食べて下さい」

と、すすめる。浅黒い中村とは対照的に、夫人は透きとおるような肌をしていた。少し痩《や》せ気味だが、瓜実顔《うりざねがお》にうるんだ眼がやさしかった。物腰もていねいで、土間に下り立って宗三郎を誘う。とうとう夕飯の席に加わることになった。

にぎやかであった。小学生の長男長女は、口々にその日のできごとを話そうとするし、次女が片言でその兄姉の口まねをする。

中村は細い目をなお細くして、盃《さかずき》に酒を注いだ。意外だったのは、その同じ食膳《しょくぜん》に書生と下女が並んでいたことである。何の屈託《くったく》もなさそうに、子供たちと話しながら箸《はし》を運んでいる。

おかずは、小魚の煮つけとほうれん草のおしたし、それにすまし汁だけであった。御飯には、麦がまじっている。

箸《はし》をつけようとしない宗三郎に、中村は盃の手を止めて、

「麦飯だから、たっておすすめもできませんがね」

「いいえ、そんなことは……」

「ぜいたくしないようにしてるんです。ぜいたくに馴《な》れてしまうとこわいですからな」

弁解するように言った。

次女が何かおかしなしぐさでもしたのか、子供たちがまたどっと笑う。夫人も、口もとに手を当てて笑った。

座が明るく和《なご》やかであればあるほど、宗三郎には居心地が悪くなった。中村の「相談」がいよいよ不吉なものに思えて、座の空気にとけこめない。両膝《りょうひざ》に手を置き、耳をもぎとられたような表情で坐《すわ》っていた。

時間をかけての食事が終ると、中村と宗三郎は、玄関脇《げんかんわき》の事務所兼応接間に移った。

「先生、おねがいします。どうか、わたしどもを見すてないで下さい」

宗三郎は坐る前に、つきつめた表情で言った。切り出される先に、まず哀願してお

こうと思ったのだ。

中村はけげんな顔をして、椅子《いす》をすすめた。

宗三郎は、抱《いだ》いてきた不安について一気にしゃべった。

その途中で、中村弁護士は女のように高い声を立てて笑い出した。

「引き受けた以上は、途中ですてやしませんよ」

宗三郎はほっとしたが、なお中村から視線は離さず、

「それでは、相談というのは？」

「訴訟費用の救助申請を出そうと思うんです」

「え？」

「訴訟費用を一時裁判所に立て替えてもらう申請を出そうということですよ。印紙代や鑑定費用、臨検費など、ばかになりませんからね」

「はあ」

と答える声がはずんだ。思いがけない話であった。訴訟を続けるどころか、さらに余計な手数まで弁護士の方でとろうというのだ。

「失礼ですが、あなたたちは困窮《こんきゅう》して居られる。それでも必要な金は捻出《ねんしゅつ》しなければならないが、そうすればますます疲弊《ひへい》することは眼に見えています。犠牲はできるだ

け少い方がいい。……裁判所で救ってもらえる限りは救ってもらうことです」

「そんなことができるのですか」

宗三郎は、まだからかわれているような気分が拭《ぬぐ》いとれなかった。

中村はていねいな口調で続けた。

「規定がある以上はできます。できるように努力してみましょう。みなさんに異議のないこととは思いますが、一応の御相談をした上で書類をつくろうと思いましてね」

宗三郎は、何度も小さく頭を下げた。

「先生にそんなところにまで気を使って頂いて……」

「当然のことでしょう。お互いに最後までくじけずに行きたいですからね」

礼の言葉を言うこともできぬほど、胸がつまった。

「田中さんもきっとよろこばれることと思います。田中さんは先生を最後まで……」

正造は、中村の能力を不安がっていたが、最後まで頼りにしていたのも事実なのだ。

「よくわかって居ます。ぼくはまだ若輩《じゃくはい》ですし、経験も浅い」

「いえ、そんな意味では……。わたしらは今日の寄り合いでも、田中さんの考え通りに進むことをたしかめたんです」

「それは結構です。田中さんの仰有《おっしゃ》ってたことは、おおよそ正しいことばかりです」

「おおよそ？」

宗三郎はひっかかった。中村は笑って、

「田中さんは、法律問題と政治問題を多少混同されたきらいがありましたね。冷静に法律問題で処理すべきところに、いつも政治問題を引き出された」

中村弁護士の眼には、裁判長を国賊呼ばわりしていた正造の姿が浮んでいるようでもあった。

「しかし、先生」

宗三郎は、黙ってばかりは居られなかった。

「谷中問題は、もともと政治問題です。帝国人民が居るというのに、堤防をこわしておいて復旧工事をしない。その上で不当な買収をした。ちょうど、茶碗《ちゃわん》をこわしておいて、『これはこわれた茶碗だから、タダ同然だ』というのと同じことです。いくら法律に叶《かな》っていたところで、そうしたやり方は、破憲破道です。政治問題として糾弾すべきなんです」

中村の感情を害してはならぬと思いながら、言葉の方がはずんで行ってしまう。口ぶりまで正造に似てきたと思った。

中村は苦笑したまま、宗三郎の言い終るのを待った。その上で、静かな口調でつけ加えた。

「ぼくの言いたいのは、政治的感情をはさんで法律論をすると、とかく判断を誤るということです」

夫人が茶を運んできて、無言のまま会釈して去った。

「今夜は、それから今後はいつも、家《うち》でお泊りなさい。仕事をする上にも好都合ですから」

茶であたたまった体を、さらに熱くするように中村はつぶやく。

「ぼくは何も田中さんにたのまれたという理由だけで弁護に立ったわけではありません。鉱毒問題には、学生の頃から関心を持っていました。一営利会社が巨富を積む傍らで、無辜《むこ》の農民が生命を奪われ生計を奪われ、盲目になる。これはとうてい許せぬことだと思いました。田中さんの演説を聞いたのがきっかけで、弟の久須美《くすみ》などは被害地に出かけて行きましたが、その帰ってきた夜は二人とも昂奮《こうふん》して眠れぬぐらいでした。あのときの良心を、田中さんはもう一度呼びさまして下さったわけです。神の御手《みて》によって選ばれたと言えば言えるでしょう。田中さんが亡くなられたからといって退く理由はないのです。どうか、ぼくを信用して、いっしょに最後までやり抜こうじゃありませんか、『終りまで忍ぶものは救われん』と聖書にもありますね」

中村はそう言ってから、眉《まゆ》を開いて笑い、

「あまり、えらそうなことも言えません。クリスチャンとはいうものの、御覧のように煙草も吸うし酒ものみますからね。……あ、いつかは古河で迷惑かけましたね。どうにも、がまんできなくなったものですから」

中村の言うのは、半年前、渡辺鑑定人らと連れ立ってきたときのことである。臨検を終って古河の旅館に引き上げ、一同夕食を共にした。県の役人たちも顔を出した。その席で、中村は酒をたしなまなかった。クリスチャンと聞いていたので無理にすすめなかったのだが、それぞれ部屋に引き上げて寝るまぎわになってから、中村は宗三郎を呼び、「冷《ひや》でいいから、一杯いただきたい」と、手まねでのむまねをした。宗三郎もにが笑いして、すぐ酒を運ばせた。仕事の話のからみそうな席では、一切酒をのまぬというのが中村の方針であった。そのことを後で知った県の役人たちは、中村をばかにして笑った。中村は、小役人に対してもていねいな口をきいたので、よけいに軽んじられる傾向があった──。

宗三郎は中村の家に三日間逗留《とうりゅう》している間に、訴訟費用救助申請の書類をつくる手助けをした他、内務省渡良瀬川改修計画による買収交渉についても打ち合せた。その計画では、谷中を中心に二町八か村三千三百町歩が水没する筈《はず》である。谷中残留民に対しても、あらためて買収協議書が送られてきた。収用価格が高いため、谷中以外のどの町村も崩《くず》れた。逆らった末、強制破壊に遭った残留民たちの悲惨さを親しく見ていただけに、かえって弱かった。堤外二戸の脱落はあったけれども、谷中十六戸だけが相変らず屈しなかった。評価見積を附けた二度目の買収協議書が送られてきたが、みなで持ち寄り、宗三郎が預っていた。中村はそれを内容証明便で送り返すよう指示した。

四

その年も暮に迫った十二月十四日、栄五郎が病身ながら心をこめてつくった祠《ほこら》ができ上り、正造の分骨を迎える谷中分葬が行われた。政友尾崎行雄《おざきゆきお》はじめ数多くの名士たちの弔辞が捧《ささ》げられ、近隣より千人を越す参会者もあって、谷中は一日だけ活況をとり戻した。

堤外に残った勇蔵の家の庭に立つと、谷中一村は見渡す限り、冬枯れた芦《あし》の波打つ原と変っていた。田も畑も家も消え、病みほおけたような喬木《きようぼく》の梢《こずえ》をところどころ浮かせただけの枯れ芦の海である。その果てに、赤麻沼を区切る堤が藁縄《わらなわ》となってのび、破堤箇所を越して緑青色の沼の水が小さく光っていた。黒ごまを吹き散らすように時々舞い移るのは、真鴨《まがも》の群ででもあろう。宗吉たちの家をふくめ残留民たちの仮小屋は、猟師《りょうし》の眼で探さねば見当らぬほど、土の一部となっていた。

ま新しい祠がその風景の中に落ち着くのは、痛々しいほどの感じであった。

しかし、祠は雨を浴び霜をかぶる毎に、みるみる谷中の風色に同化して行った。小《こ》鶸《ひわ》や山雀《やまがら》が巣をつくりにかかるのを、宗三郎たちは何度も見つけて追い払った。

虫も鳥も谷中では人を恐れなくなった。おびえを知るのは人ばかりであった。猛々《たけだけ》しい芦原《あしはら》を蔽《おお》いかくしたのは、その冬の寒さであった。雪は師走《しわす》に入ると消える間もなく降り、年が明けても大雪が重なって、仮小屋住いには暗い苦しい日が続いた。

千弥の仮小屋では、雪の重みで棟木《むねぎ》代りの杭《くい》が折れ、一家三人が吹雪《ふぶき》の中を堤外の勇蔵の家に逃げた。千弥の妻がすでに亡くなっていたことで圧死の惨事をまぬがれたことだけが、わずかの救いとなった。

一月の末、古河町の芝居小屋に旅廻《たびまわ》りの一座による田中正造劇がかかった。招待された宗三郎は、母を連れて出かけた。人の往来もないので、雪は踏みかためられることもなく、ときには膝《ひざ》近くまで埋った。

宗三郎は、手をひき、深いところでは母を背負った。まだ五十台なのに、母の体は弱っていた。鉱毒水による胃病で父が倒れてから、十年以上一人で家を支えてきた苦労で、髪も生えぎわから白い。

母はつぶやいた。

「宗吉は嫁ももらい、孫もできて一安心だがのう……」

何を改まってと、宗三郎はきびしい声になって、

「かあさんには、おれの気持がわかってる筈だろう」

仮小屋の中に、縁談の持ちこまれることもあった。だが、宗三郎が頭からとり合おうとしないので、その度に母は気まずい思いをくり返していた。

「そりゃわかってる。けんど……」

「それなら何も」

「訴訟だの運動だので度々出してやったものだから、お前に分けてやる筈の財産ももうほとんどなくなってしもうた。小屋住いで、これから先どうやって行くかと思うと……」

いつもの愚痴《ぐち》かとも思ったのだが、白く一色に静まった雪の原の中では、ひどく弱々しい声にきこえた。

宗三郎はしだいに口重くなり、代って足をいそがせた。

芝居小屋で母は涙を流した。

帰途、いっそう静まり返った雪の道で、母の声は明るかった。芝居の話から、分葬の日の思い出話となり、

「お前が田中さんのお骨を抱いて紋付姿で村に下りてくるのを見たとき、わしはほんとにうれしかった。お前の胸で、田中さんがにこにこ笑って、わしをほめて下さってるように思えてのう」

母は話し、歩き続けた。凍《い》てつくような夜気に、その声がひびく。

新月を受けて蒼《あお》みを帯びた雪の原には、短い間にまた新雪が下りていた。

その十日ほど後、宗三郎が正造死の家となった小羽田の庭田家を訪ねている留守、母は風邪《かぜ》から肺炎となって、あっけなく死んだ。

春が深まった頃、三度、買収協議書が送られてきた。寄り合いを開くまでもなく、十五戸の戸主たちがそれぞれ持ち寄ってきて、宗三郎は一括《いっかつ》して内容証明郵便で返送した。

その数日後、宗吉・宗三郎兄弟は突然、部屋村分署に召喚《しょうかん》され、直ちに送検の手続きをとられた。庭先に正造の祠《ほこら》を置いたことが河川法違反になるというのだ。

宗三郎は余りに思いがけないことなので、顔見知りの分署長の尋問にも、しばらくは頰《ほお》がこわばって答えられず、分署長の頰にある濃い褐色のしみをぼんやりみつめる

ばかりであった。

兄の宗吉が、まず腹にすえかねたように太い声で言った。

「祠は昨日今日できたものではありません。なぜ、それをいまになってだしぬけに……」

「以前にも巡査を出して警告しておいた筈だ。その警告を無視したからだ」

「いつ警告を？」

宗吉と宗三郎二人の声が重なった。

分署長はわざとらしく手帳を開き、日付と担当の巡査の名を言った。日を繰ってみて、宗三郎は思い当った。麦刈の終った晩で、手伝ってくれた残留民仲間に夕食を振舞っているところであった。巡査はいっしょになって酒をのみ、うどんを食べながら、〈あんな祠を置いていてはいかんな〉とだけ言った。それが警告なのだろうか。

背の低い宗三郎は、顎《あご》を突き出すようにして言った。

「署長さん、あれじゃはじめから、わたしらを引っくくるために仕組んでいたようなものじゃありませんか」

分署長は、けわしい眼の色をしたが、宗三郎はひるまず、

「わたしらをひっくくれば、残りの連中が言うことを聞くと思ったら大ちがいです。わたしなんかよりも、もっともっとがんこな連中ばかりですから」

「わかってる。お前たちは河川法違反という罪を犯した。その理由だけで引致したんだ。他にふくみはない」

「しかし、あの田中さんの墓を家の庭先に置いたのは、何も兄やわたしがきめたことじゃありません。被害民代表の方たちの意志できまったんで、罪に問われるなら、渡良瀬の鉱毒被害民全部をひっとらえるべきじゃありませんか」

分署長は黙った。肩を怒らせて、手帳を閉じたり開いたりする。その仕種《しぐさ》にどことなく当惑の色があるのを、宗三郎は感じた。一年前の盆踊りの夜、サイダーでものまないかと誘った浴衣《ゆかた》着《ぎ》の姿がだぶってくる。〈田中さんはただの人じゃない……〉と、こっそり正造の非凡さを知らせてくれた男でもある。

宗三郎は、分署長の顔から眼を離さず言った。

「河川法、河川法と言われますが、あの小さな祠《ほこら》がどれだけ河川敷地の邪魔《じやま》になっているというんです。邪魔というのなら……」

そこまで言って、宗三郎は声をのんだ。

祠が違反なら、仮小屋もまた違反である。見廻《みまわ》りの度に巡査からいやがらせを言われていた。だが、残留民たちは永住の気構えでその仮小屋を少しずつひろげ、小さな納屋をつけ足した者も居る。違反となれば、それらすべてがまず問題にされるべきなのだ。

それを、とくに霊祠《れいし》だけあげてきたのは、中心人物である宗三郎らの力を奪うとともに、残留民を精神的に打ちのめそうというねらいともとれた。

「邪魔になっているかどうか、そんなことは問題じゃない。祠を設けるとき、県の許可を受けなかった——そのことだけで違反として成立する」

「許可？　そんなことは知りません」

「知らなくても、河川法の規定にある。法律が定めているんだ。そしてお前たちはその法律に背《そむ》いた。それで十分なんだ」

分署長は背を向けて電話にかかった。

法律に政治論をからませてはいけないと、中村弁護士は言った。しかし、政治の方こそ、法律をからませて仕立てて来るではないか。

〈法律もまた一つの窃盗《せっとう》です。窃盗掠奪《りゃくだつ》の符牒《ふちょう》に過ぎんのです〉

海老瀬の講演会での尚江の言葉が耳もとによみがえってくる。

「その法律じゃ、どんな罰をきめてるんです？」

宗吉がふいに横合いから訊《き》いた。

「罰金二百円または一年の重禁錮《じゅうきんこ》だ」

「二百円でがすか」

宗吉は訊き返し、

「大変な金額でがすな、いったい何日働いたらいいんだ」

終りは宗三郎に向って言った。

冬場の主な仕事である萱《かや》を材料とする葭簀《よしず》づくりは、一間四角で十銭から十二銭、一日に五、六枚編めばよい方である。その中から材料である棕櫚縄《しゅろなわ》代を払うと、一日編んで三、四十銭がせいぜいであった。夏の魚とりで、一日つぶしてやはりその程度のみいりである。

「四十銭としてその三百六十倍だと……。一年中休みなく働いても百四、五十円にしかならん。二百円だと一年半はかかる」

「それじゃ牢《ろう》に入れてもらおう。なあ、宗三郎」

そう言って、ぷつんと黙りこんだ。分署長はあわてて、

「ばか言っちゃいかん。まだこれから裁判した上でのことだ。早く弁護人をきめるんだな。誰か心当りがあるだろう」

「東京駒込の中村弁護士におねがいします」

「栃木の裁判所でやるんだ。土地の弁護士も要る」

宗三郎は兄の顔を見た。暗い赤銅色の大きな顔は、木像のように動かない。

「誰か居るだろう。栃木の弁護士が……。どうせ謝礼も払えないだろうから、奇特な弁護士ということになるが」

「………」

「誰も居ないのか。この前の毛利弁護士はどうした」

分署長は、かさにかかった言い方をした。毛利が中途で事実上、弁論を投げ出したことを知っての上なのだ。

「わしから毛利さんに話してやろうか」

「結構です。裁判は面倒です。牢に入れて下さい」

宗三郎もかっとして言ってから、

「田中さんの真似して、獄の中でゆっくり聖書でも勉強します」

正造は、幾度となく入獄生活のおかげで聖書に親しみ人間をつくることができたと言っていた。それに、心の底では、しばらく谷中の一切から切り離されてひとりだけの時間の中に沈みたい、魂の休息が得たいという思いも働いている。谷中では、生きるにも闘うにも余りに事が多過ぎる――。

遠くで半鐘の鳴っているような気がした。分署長が背のびして窓の外を見た。

すると、すぐ近くの鐘楼《しょうろう》からも半鐘が打ち出されはじめた。分署長は外に飛び出した。宗吉・宗三郎も続いて出る。

分署長の問に答えて、鐘楼の上から若い男が叫び下した。

「谷中が火事だ」

宗三郎は、横走り鐘楼に飛びついた。

谷中の方角、緑一色の風景の上に、茶褐色の煙が立ちのぼっている。挑《いど》むような炎の動きも見えた。いたるところで半鐘は鳴り出しひびき合って、澄んだ下野《しもつけ》の空を埋めつくす。巴波《うずま》川の堤の上に小さな人影があらわれて走り出した。手押ポンプが一台、ようやく堤にひき上げられる。

その間にも、炎の舌《した》はゆれながら大きくなり、煙は高く中天めがけて昇り続けた。かなりの火事である。

〈あれだけ燃えるのは……〉

宗三郎は、はっとした。勇蔵の家の他にない。強制破壊をまぬかれ買収にも応ぜずただ一戸残っている家。残留民にとっての唯一の集いの場であり避難先でもある家が……。これで谷中には、「家」と呼ばるべきものは一戸もなくなってしまう。買収を拒む者への裁きなのか、こらしめなのであろうか。納屋住いしているという義市とハルのみだらな姿態が、ふっと火に結びつく。

分署長が下からしきりにどなっているのにも気づかず、宗三郎は不気味にひろがる煙の渦《うず》を放心したようにみつめていた。

勇蔵の家は全焼した。納屋で炊事《すいじ》していたハルの失火によるものであった。「河川法違反」とおどかされながらも、勇蔵は焼跡に、残留民たちと同じ仮小屋づくりをはじめた。栄五郎が苦しい体を運んで手伝う姿が見られた。憎むよりも、まず助け合わねば生きて行けないのが、残留民たちの生活であった。

でき上ったせまい仮小屋の中に、勇蔵は義市やハルと同居することになった。どちらも村を出なかった。村を離れれば、もはや生きる意味はないと思いつめている勇蔵であった。その老人と張り合うようにして義市たちも残ったのだ。お互いに張り合うことも、残留民たちの心の支えであった。灰色の太い眉《まゆ》をかげらせ、勇蔵はいっそう無口になり、しゃべれば浴びせるような大声になった。

宗三郎らに対する河川法違反の公判は、五月九日から栃木区裁で開かれた。東京からは中村弁護士が弁論に立ち、地元からは毛利弁護士がついた。宗三郎らの懸念を裏切って、毛利は無報酬の弁護をあっさり引き受けてくれた。前の裁判での不乗気は、早川ら救済会弁護士にだまされるようにして担ぎ出されたことにあり、それが正造の突き上げに遭っていっそう硬化したためであった。毛利は、ふきげんさを隠せぬ人柄で、それだけに素朴な親切さも持ち合わせていた。

一か月間にわたる公判で、毛利は中村と協力して弁護し、また、その間、収用価格不当訴訟についての資料と教訓を中村に伝えた。

結果は、それぞれ罰金二十円の判決となった。二人には高過ぎる額である。残留民がいくらかずつ持ち寄ってくれた。

五

正造が死んで二年目の命日がめぐってきた。

残留民たちは、宗三郎の庭先にある正造の祠《ほこら》の前に集った。一度は買収に応じて村を出て行った縁故民も幾人か加わった。

榎《えのき》の老木が祠《ほこら》を蔽《おお》って青い蔭《かげ》をつくっている。小さな虻《あぶ》がうるさいほど集って舞っていた。

祭文が終った後、一同の声に促《うなが》されて、宗三郎が正造の短歌のいくつかを朗誦《ろうしょう》した。

水のあと　涙のかわくひまもなく
かべなき家に　冬早く来ぬ
春ながら　寒き司《つかさ》の県吏《あがたり》が
　忍ぶ谷中に　犯すつみくさ
毒の野に　涙の種はいやまして
枯れてこぼるる　草の実もなし
おのが着るころもばかりは　暖く
　みなりかざりの　みつぎ取り立て
座は静まり、虻《あぶ》の舞う音だけがきこえる。
大雨に打たれたたかれ行く牛を
　見よそのわだち　跡かたもなし
正造の最も好きな歌であった。いくつかの手紙の中に、少しずつ形を変えて幾度も書かれていた。詠《よ》みようによっては、不吉な予言にもとれる。そして、わだちの跡の消えそうな不安に、いっそう猛《たけ》り立ったような正造の生き方であった。
　大雨に打たれたたかれ……
くり返しうたっている中に、宗三郎の眼には別の正造の姿がなつかしく浮んできた。

夜の雨の中を、這《は》うようにして歩き廻《まわ》った正造。慰めの言葉も出ずに声をつまらせ、そのくせ、なお訪ね廻らずには居られなかった――。

朗誦《ろうしょう》が終ると、さかんな拍手が湧《わ》いた。どの眼も、正造を慕う光でうるんでいた。

「声まで田中さんに似てきたぞ」

と言う者もある。からかうのではなく、少しでも正造に近いものを求めようとする声であった。

「田中さんに会いたい。田中さん、出てござらんか」

勇蔵がこらえかねたように大声で言い、立ち上った。祠のすぐ前に歩いて行き、じっと眼を注ぐ。

老人のいく人かがつられて立って行った。その後姿には、祠に手をかけ、ゆさぶりかねない気色があった。

祠にいちばん近い蓆《むしろ》には、栄五郎が横になっていた。幼いミチ子が団扇《うちわ》で虫を追っている。

「田中さん祀《まつ》ってよかったのう」

勇蔵がふり返って、誰にともなく言った。栄五郎が満足そうにうなずく。

「田中さんの墓といっしょに居ると思うと、少しは気が大きゅうなる」

河川法違反事件で宗三郎たちが処罰されたことも、まるで忘れてしまった口ぶりであった。事実、念頭に浮ばないのかも知れない。直接自分の身にふりかからぬことは、いつまでも気に病んだりはしないのだ。

宗三郎は、兄の宗吉の方を見た。宗吉は、水塚の端で蓆《むしろ》も敷かず腕組みして坐《すわ》っている。眼のふちにうすく笑いをにじませたまま、口を開こうともしない。

宗三郎は、たしなめるように言った。

「県では行政執行法で強制撤去すると言っている」

「なあに、そんなことができるもんか。おどすだけじゃ。もし本気でやりにかかったら、きっと罰が当る。あの中山《なかやま》知事のようにのう」

勇蔵は自信をこめて言い返した。

「そうでがすよ」

幾人かが強く声を合せる。八年前、谷中を強制破壊した責任者の中山知事が、中風で廃人になったことを聞き知って、正造のたたりのせいにしている。そう考えて、自分自身を安心させているのだ。

宗三郎は気勢を削《そ》がれた。しかも、勇蔵たちをにくめない。こういう考え方をしている限り、残留民は大丈夫だとも思うからだ。

宗三郎自身も県当局も誤算していた。河川法違反の処罰は、残留民には何の精神的打撃にもなっていないのだ。正造を慕いながらも、彼等は祠《ほこら》は祠の問題と考えている。祠の強制撤去も、彼等の生活への攻撃とは考えないであろう。祠より大きな建造物である彼等自身の仮小屋に現実にトビが打ちこまれない限り、おびえはしない。「河川法違反」にも、実感が伴わないのだ。その限りでは、貴重なほど鈍感であり、実際的である。

黙りこんだ宗三郎を横目に見ながら、勇蔵老人は栄五郎にたのしそうに話しかける。

「祠をぶちこわすとしたら、ただごとじゃすまんぞ。のう、栄五郎」

栄五郎は鎌首をもたげた。

「そうだよ。今度こそ、ノミをぶちこんでやらあ。どうせ、永くはねえ命だからな」

物騒な話ながら、どことなく浮々したやりとりである。

甘酒のにおいが流れてきた。いち早く蠅《はえ》が飛んでくる。子供たちがはしゃぎ、老人たちは蓆《むしろ》に戻った。

日の光がかげりはじめる。勇蔵は、腰に手を当てて西の空を見た。雲が低く張り出し、赤城も筑波も隠している。

「明日はまた雨じゃのう」

「今年は雨がえろう多い。水でも出るんじゃねえか」

甘酒の湯気を吹きながら、老人たちは屈託なげに話しはじめた。

その夜から、梅雨《つゆ》のような雨がはじまった。ときどきは晴れ間も見せていたが、しだいに雨脚がしげくなり、九日の夜から十日にかけては珍しいほどの豪雨となった。すでに赤麻沼の破堤箇所から浸水がはじまっており、宗吉の家でも女子供を隣村の縁者に避難させた。

十一日、宗三郎は兄とともに、一日中、堤防の見廻《みまわ》りに出かけた。雨は小降りになっていたが、渡良瀬川は泡立《あわだ》ち、赤くふくれ上りながら、上へ上へと逆流してくる。

夜、小屋に戻ってからも何となく気がかりで横になれず、カンテラをともして、正造の日記の筆写をすることにした。そのころ宗三郎は、正造の甥《おい》の原田定助の頼みで正造の手紙や日記の収集整理にかかっていた。受取人や保管先から借りてきては、筆写するのである。正造は達筆であったが、勢いに任せて走り書きするくせがあり、永年つき添っていた宗三郎が最もよく判読できた。

網代《あじろ》に萱《かや》をふいた屋根からは、二か所雨漏りがしており、机代りの木箱をその合間に置いて、何冊目かの日記をひろげる。小学生の雑記帖《ざっきちょう》に、筆太の大きな文字。

「正造に妻あり、年六十二歳。偶々疾《たまたまやまひ》を得、病院に在る事一ヶ月の後、上州《じょうしゅう》桐生の縁者方に帰りたりと今朝聞けり。其《そ》の病院に居る時も、一度も伺ひ見ず。故《こと》さらにせしにあらず、多忙自然の結果なり。只《ただ》少しも私を以《もっ》て公共の為めを中止するものにあらず。但し普通人道より見れば、殆《ほとん》ど不人情なりと云はれん。妻より見るも、人情深き人とは思はざるべし」

河川法準用の告示が出、また出版法違反で正造自身が拘引されたりした時期のことである。藤岡町役場での助役との話の中で、妻の入院についてそらとぼけて見せる正造に、宗三郎はけわしい眼を向けたことをおぼえている。そらとぼけながらも心の中にこうした反省が宿っていたのかと、正造を見直す気分にもなる。かつ子夫人にも、その心だけは通じていたにちがいない。

家も失いほとんど無一物となったかつ子は、いまは桐生の実家や早瀬の縁者の家などに転々と身を寄せている。あまりにもみじめなその老年のために、四県下にわたる鉱毒被害民たちが少しずつ醵金《きょきん》して、小さな隠居家を建てようと企てたことがあった。だが、かつ子は原田を介してきびしくことわってきた。

「主人が亡くなった後になって、よい生活をしては申訳ない」というのだ。そうしたかつ子の一筋りんと張った気魄《きはく》には、正造と応《こた》え合う生き甲斐《がい》のようなものを感ぜずには居られない。ああした酷薄なつながりの中にも、やはり夫婦の情愛といったものがあったのであろうか。あったと信じたい。そうでなければ無残すぎると思う。

そうはいうものの、宗三郎はなお、かつ子に対する正造の態度を許す気にはなれない。酷薄さが予想される限り、自分は決して妻を娶《めと》りはしまいと思う。虫の舞いこむ羽音がした。眼を上げると、カンテラのうすい闇《やみ》に、にじむようにして浮き出る幻がある。義市とハル、雨に閉じこめられた小屋の中で抱き合って眠っている二人の顔には、光沢《こうたく》が溢《あふ》れている。同棲《どうせい》以来、勇蔵とは逆に、義市はしだいに寄り合いにも顔を見せなくなっている。

馬追が鳴き出した。

隣の部屋からきこえていた宗吉の寝息がとぎれる。宗三郎の居る二畳敷ほどのひろさは、もとの仮小屋に最近になってつけ足したものである。家族を疎開させ、兄弟二人になってみると、久しぶりに心の中も雨に濡《ぬ》れたように静まってくる。

宗吉はすぐまた寝息を立てはじめた。ぶつかり合うようにして寝る窮屈さから解放されたことを、体の方が感じとっているのであろう。

馬追の鳴声がたかまる。

みんなが眠っている。その中で、ひとり机に向っている自分の姿が異様に貧しいものにも思えた。

宗三郎は筆を置くと、日記帖《にっきちょう》を繰った。斜めに拾い読みして行く中に、また「妻」

の文字にぶつかる。

「……女房を呼ぶに、コレ〳〵で間に合はせたる事、星霜三十年。終《つひ》に何時《いつ》しか妻の名を忘れたるさへ知らず。衆議院議員の頃、或《ある》時議会解散の為に急用出来て、妻に端書を飛ばさんとせしが、宛名を書かんとして、ハタと忘れて茫然《ぼうぜん》たり。暫《し》ばし考へて、漸《やうや》く思ひ出して、田中かつ子と書きしが、独り笑つて抱腹せり。国へ帰りし時、直《ただち》に是《これ》を妻に語りしに、妻怫然《ふつぜん》として喜ばざる事久し。予大に人倫人情の粗末なるに恥ぢたり。是《こ》れ畢竟《ひつきよう》習はしのよろしからぬにて、若《も》し毎朝毎夕互に名を呼びなば、日に三度呼んで一年三百六十の一千八十度、三十年の三万二千四百度なり。いかに忘れ上手の正造たりとも、女房の名を忘れたくも、忘れぬべし。たとひ名を……」

雨垂れの音にまじって、かすかに人の叫びがきこえた。宗三郎は顔を上げ、耳をすました。

馬追が鳴き止む。仮小屋のまわりの自然が、何となくざわめき立っている気配である。叫び声は近づいてきた。宗三郎はカンテラを取った。軽いいびきを立てている宗吉の体をまたぎ、仮小屋の戸口に出た。

戸を外《はず》すと、風とともに雨滴が舞いこんだ。腰にカンテラを下げた蓑笠《みのかさ》姿の義市が、まるで蛍のように少し先の闇《やみ》に浮き立っている。水がその膝《ひざ》を越していた。

宗三郎は眼のまわりの雨滴を拭《ぬぐ》って見直した。黒い水は渦巻きながら流れている。盛り上る渦の先は、十四、五尺ほど土を盛り上げた水塚の高さに噴き上げた。

義市は、激流と変ったその道を渡り切れず、先の方から叫んでいるのだ。出水には馴《な》れていても、はじめて見る水の速さである。赤麻沼の破堤箇所からのいつもの浸水は、ごく緩慢《かんまん》でほとんど流れを感じさせない。利根が逆流し、渡良瀬が溢《あふ》れるときにも、谷中堤内にはいつもその破堤箇所から迂回《うかい》して、眼に見えぬ程度に水位を高める形をとる。それが、いま眼の前では奔流《ほんりゅう》となって溢れてきているのだ。

「どの堤だ」

宗吉がはね起き、すばやく蓑《みの》をつけてきた。

「庚申塚《こうしんづか》だ。渡良瀬が切れた」

「渡良瀬？」

宗三郎は訊《き》き返した。信じられないことである。だが、眼の前に溢れてくる水勢のはげしさは、それを裏づけている。

村をとりまく巴波・思・渡良瀬の三河川中では、渡良瀬川が最も大きく、そのため堤防もがんじょうに出来ていた。これまで一度も切れたことはない。その日、宗三郎らが見廻《みまわ》ったときにも異状はなかった。騒いでいるのは、対岸の堤の方であった。

「渡良瀬が切れる筈《はず》はねえだ」

宗吉が怒ったようにどなる。義市の口からは、思いもかけぬ答が戻ってきた。

「切ったんだ。海老瀬村の連中が舟で来て、こっちの堤を切り崩《くず》したんだ」

宗吉は、カンテラも持たず、闇《やみ》の中へ飛び出して行った。宗三郎は、あわてて菅笠《すげがさ》をつけた。

六

残留民にとって、それまでの中で最も暗いきびしい冬が訪れてきた。

海老瀬村五人の農民によって切られた堤防は、水勢に次々と決潰口《けっかいこう》をひろげ、六十五間の長さにわたって崩れ落ちた。県は、そこが遊水予定地であるから修理も築堤もしないと発表した。もちろん谷中残留十六戸に、一万三千円を越すと見積られる修築工事をするだけの力はないし、河川法準用地のことであるので、一切を県の決定に委《ゆだ》ねる他はない。

堤内からは、以前以上に水がひかなくなった。わずかに残っていた田や畑も水に漬《つか》り、秋にはほとんど収穫がなかった。水路が変ったためか、魚もめっきりとれなくなった。それに代るように、仮小屋の屋根や柱を伝う蛇の姿が多く見られた。萱《かや》や芦《あし》まで、ふいの浸水に立ち枯れて、内職の材料にも事欠く始末であった。

つらいのは、子供たちも同じであった。藤岡の小学校まで一里半の道が半ば以上、水に浸《つか》ったままである。大きな子供が、低学年生を背負って通してやるところもあった。水がはるようになると、どの子供もひびを切らし、血に汚れた足をひき、泣きながら帰ってきた。通学をいやがる子を叱《しか》る親も、涙声になった。

村の中を歩いていて登下校の子供たちとすれちがいそうになると、宗三郎はあわてて道から外れ、芦原《あしはら》の中を通った。不当にいじめているような罪の意識が湧《わ》き、苦しかった。〈辛酸入佳境〉を好んだ正造に従って辛酸を選んだ自分たちはいい。しかし、子供たちにまで辛酸を押しつける権利があるだろうか。正造の妻の不幸を許せないのと、同じ気持が、いまは宗三郎を責めてきた。その親たちから責められないのが、ふしぎな気がした。

とりわけみじめなのは、栄五郎とミチ子であった。栄五郎は、出水後間もなく寝たっきりになった。ときどきハルがのぞきに来ても小屋に入れない。十歳を出たばかりのミチ子が、学校を休んで看病していた。

幸い、藤岡町に済生会依嘱《さいせいかいいしょく》の病院ができ、秋山という若い医者が栄五郎を無料扱いにし、進んで往診にも来てくれた。それでもミチ子は、幼い足で隔日に一里余の道を、病院まで薬とりに通わねばならなかった。

ミチ子に出会った夜には、宗三郎はその小さな白い足ににじむ血のあとが思い出されて、なかなか寝つけなかった。宗三郎自身には、ミチ子に代ってやる余裕はない。東京での控訴審の打ち合せや、中村弁護士に言いつけられての書類づくり。さらに、県庁に無駄とは知りながらも万一を望んで破堤復旧陳情に出かけねばならず、また堤防欠潰《けっかい》裁判の実地検証に立ち会ったり、参考人として呼ばれたりして、家に落ち着く時間もなかった。暇がみつかれば、萱《かや》を刈り、小作にも出、少しでも金をかせがねばならない。兄夫婦に寄食できる身ではなかった。

〈みんな、食うや食わずでいそがしい。宗三郎に任せてやって下せえ〉と、生前、正造はよく官憲筋に触れ歩いた。残留民たちは、その言葉をひき合いに出し、また〈わしらではわかんねえ。うっかり印でもついて、耕之進の二の舞になるといけねえでな〉と、しりごみを見せて、結局は宗三郎ひとりが表面立って動き廻《まわ》ることになった。

翌大正五年春、堤防欠潰事件についての公判が開かれ、判検事による現地検証が行われた。一行は古河町の船着場からポンポン蒸気に乗って川を上り、藤岡町の渡良瀬改修工事現場で上陸、ゴム長靴姿で谷中堤内に廻った。

警察からの連絡で、宗吉・宗三郎兄弟は、菅笠《すげがさ》編みをしながら、仮小屋の庭で待っていた。

分署長の案内で、一行が水塚に上ってきた。顔見知りとなった岡《おか》土木課長はじめ県の役人も従っている。宗三郎は、声をかけられるまで頭も下げず、口もきかぬ気持であった。宗吉も無表情に菅を割いている。

いったん宗三郎たちの方に来かかった裁判長は、足をとめた。分署長に何かつぶやくと、水塚の端にある正造の祠《ほこら》の前に大股《おおまた》に進んだ。帽子を脱ぎ、ていねいに一礼する。

宗三郎は思わず立ち上った。宗吉も手を休める。

裁判長の訊問《じんもん》に答えて、宗三郎は当夜の浸水状況、それに残留民の生活状況について、ていねいに答えた。そして、一行について堤内を廻り、船着場まで送って来た。

ポンポン蒸気には、堤内歩きを見合せた幾人かが残っていた。船べりで煙草をふかす一人の男の顔を見たとき、宗三郎は眼を疑った。ぬけ上った光沢のよい額、下り気味の眉《まゆ》。

宗三郎は突っかけるような勢いで、走り寄って叫んだ。

「早川さんじゃありませんか」

早川はゆっくり大きな顔をふり向けた。宗三郎と出会うことを覚悟していたように、眼に動揺がない。

「どうしてここへ」

「きまってるじゃないか。事件を依頼されれば、弁護士だから出かけてくる」

無造作に言いすてたが、それだけに宗三郎はこだわった。〈依頼されれば〉とは、〈無報酬でなく、職業として〉という意味なのであろう。

「すると、今度の堤防破壊事件の弁護に？」

「そうだよ」

短く言い切る。宗三郎は体中が熱くなった。言葉がついて出ない。

「ば、ばかな。いくら何だって、早川さん、あんまりです……あなたは谷中救済会をつくって、わたしたち谷中の者を救って下さろうとした。そのあなたが、向う側につくなんて」

「あのときは、お役に立たなかったね」

話をそらされそうになって、宗三郎はせきこみ、

「あんまりですよ。今度は谷中をぶちこわした方に荷担するなんて。いくら依頼されたからといって、無節操じゃありませんか」

「きみ、言葉に注意したまえ」

早川は相変らず柔和な顔だが、語気は鋭かった。呼ぶのにも、〈きみ〉づかいになっている。

「わたしは、もともと鉱毒被害民を救おうというので、田中さんの応援をした。谷中村救済も、その一環だ。海老瀬村だって、同じ鉱毒被害地だろう」

「しかし、いまでは鉱毒は問題になりません。それに今度の事件は、性質がまるでちがいます」

「精神は同じだ。罪を犯してまで村を救おうとしたんだ。りっぱなお百姓たちだよ。田中さんは明治の佐倉宗五郎だったが、今度のお百姓連中だって、なに、みんな、小さな佐倉宗五郎だ。わたしは、いつも宗五郎につく。無節操じゃあるまい」

早川はそう言って、笑った。切り返す言葉がすぐに浮ばず、宗三郎は眼ばかり怒らせた。

対岸の水ぎわでは、桑畑を背に馬が水をのんでいる。その横で田草取りの帰りらしい夫婦者が、小舟のもやいを解き出した。ポンポン蒸気に誰が乗っているか、見ようともしない。

「きみも有為な青年だ。いつまでも小さなところで腹を立てて居ないで、もっと活躍の舞台を選んだらどうだ」

早川の言葉からは、揶揄《やゆ》するような口調は消えていた。

「しかし、わたしは谷中復活のために……」

「また、それを言う。そんな念仏を唱えていてもどうにもならぬことぐらい、わかっているだろう。田中さんはもう亡くなったんだ。念仏をやめて、きみら自身、明日どうやって食って行くかを心配しなくちゃ」

「田中さんが亡くなったところで……」

宗三郎はつぶやくように言った。早川は、うすい唇をなめて、

「田中さんは、ある意味でたしかにりっぱだった。あれだけの純粋さは貴重だよ。だが、それだけに、どうしようもないところがあった。国家の悪を攻撃するのは結構、県のまちがいを責めるのもいい。けど、たとえ最初にまちがいがあったとしても、いったん滑り出した機構というものは、行くところまで行くんだ。きみら百姓は融通がきかぬ。だが、それ以上に、国家は融通がきかぬ。動き出したら、その動きを真実と思わせるまで動き続けてしまう。その力が計算できぬ田中さん的な生き方は悲劇でしかないんだ」

工事事務所で茶の接待でもあるらしく、裁判長たちの一行は事務所の中に消えた。

船上の早川たちを呼ぶ声がする。早川は、立ち去りそうもない宗三郎の横顔を眺《なが》めて、

「きみはなかなかしぶといようだが、他の諸君はどうなんだね。やはり残留を続ける意志があるのか」

「もちろん、そうです。みんな、ここの生活に根を生やしています。いまさら移ろうなどとは誰も……」

「田中さんに義理立てするあまり、お互いに牽制《けんせい》し合って、動きがとれなくなってるんじゃないかね」

「ちがいます。他人のことを見る余裕のあるのは、わたしぐらいのものです。みんな、谷中の生活の中に首をつっこんで……」

「きみだけが、いつも代表というわけか」

「代表でなく、代理です。みんな、残留ときめこんでいる。その残留のため必要なことを、みんなに代ってわたしがやってるだけのことです」

事務所の中から、フロック・コートを着た長身の男が駈《か》け出してきた。県の岡土木課長である。岡はまっすぐ早川めがけて走ってきたが、そこに宗三郎が居るのを見て、のめるようにして立ち止った。

「早川さん、事務所へどうぞ」

宗三郎を無視し、かたい声で言った。宗三郎は岡に向き直り、

「岡さんは、早川弁護士を御存じなんですか」

土木課長は、宗三郎に答えようともせず、早川をせかせた。

早川は、腰を浮かせて、

「わたしの方で、土木課長を証人にたのんだのだ」

「証人？　何の証人ですか」

「もちろん、今度の堤防欠潰《けっかい》事件の弁護側証人だ」

宗三郎には、すぐにはそのつながりがわからなかった。

「しかし、県は堤防を壊された側でしょう。原告なのに、被告側の弁護に廻《まわ》るなんて」

土木課長は、冷い眼で宗三郎を見た。

「きみきみ、いっぱしに法律家面するね」

早川もうすい唇をゆがめ、

「きみもずいぶん法律家づき合いは永いわけだ。中村弁護士にも大分仕込まれたんだろう。あの男は若くて、きまじめ一方の男だ。それに暇もあって、谷中に打ちこんでる様子だね」

「暇があるんじゃない。他をことわって、谷中のために骨折って下さってるんです」

宗三郎は、その前、上京したとき、新井《あらい》奥邃《おうすい》に会い、中村がある大きな会社から顧問弁護士の口を持ちこまれながら、〈谷中が片づかぬ中は……〉と断ったという話を聞いていた。

「まあどうでもいいさ」

「よくはありません。……早川さん、原告の土木課長を使って何を弁護させようとなさるんです。まさか、堤をこわされたことを感謝でもさせようと……」

明治四十年の強制破壊に対する非難があまりに大きかったため、再度の執行をためらっている県にとって、海老瀬村民による堤防切り崩しは、願ってもない出来事であった。破堤から注ぎこむ奔流は、いや応なしに残留民を追いつめて行く。県に代って残留民を水攻めにし、立退問題を強制的に解決してくれることになる。

堤の上は仮定県道になっていた。その県道杜絶《とぜつ》を放置し、県会で一部議員に追究されながらも、なお〈堤防復旧せず〉の意志を変えないのは、残留民駆逐の作戦なのだ。

「きみ、誤解のないように言っておくが、わたしは何もクロをシロと言ってもらおうというんじゃない。岡土木課長に課長の職掌《しょくしょう》内に属する公正な証言を求めているだけだ」

「と仰有《おっしゃ》ると」

「あの場所は復旧不能の箇所であり、とくにあの欠潰によって水が流れこむことによって、本来の遊水池計画がかえって好都合になったということを証言してもらう」

「水が流れこみ、好都合？」

宗三郎は、眼をつり上げて訊《き》き返した。

「そうだ。土木課長は遊水池計画の当面の担当責任者でもある。その証言はおかしくないだろう」

早川はそう言うと、事務所に向って歩き出した。

「早川さん、待って下さい」

追おうとする宗三郎との間に、岡課長のフロック姿が立ちはだかった。

「きみ、裁判長閣下も来て居られるんだ。乱暴はよし給え」

破堤事件以来、新聞はふたたび谷中問題を論じはじめたが、その中には、残留民について〈暴民〉とか〈浪民〉などという表現を使っているものもある。

宗三郎を見る土木課長の眼にも、それと同じ光があった。復旧陳情に県庁に訪ねて行っても、ほとんど会おうとしない。会えば、こちらの言い分を聞かず、ひとりしゃべるだけしゃべって、時間だからと打ち切ってしまう。いつも、二、三の課員を中にはさんでいた。以前は視学であったのだが、最近はその職掌柄、古河や藤岡あたりの料亭によく出入りしている。古河の料亭に宗三郎が呼びつけられたこともある。しかも、翌日の新聞には、〈岡土木課長、谷中地内に出張〉と出る——。

宗三郎は憤りをこめた眼で、岡をにらみ返した。岡は笑った。

「きみ、どんな場合でも弁護士の心証を害しては損だよ。たとえ相手方の弁護士でもね」

それだけ言うと、身をひるがえして早川を追った。フロック・コートの黒い裾《すそ》が、挑《いど》むように風にひるがえった。

宗三郎が事務所の前まで行ったとき、裏手の方から土にまみれた工事人足の群が溢《あふ》れてきた。一日の仕事を終り、日当をもらって帰るところである。その中には、宗三郎の知っている幾つかの顔があった。鉱毒運動以来の同志である。宗三郎を見て笑いかけようとし、急に顔をそむける男も居た。谷中を沈める仕事を手伝っていることに、気がとがめるのであろう。人数も多かった。無数の股引草鞋《ももひきわらじ》の立てる赤っぽい土ぼこりが、うすく事務所を包む。

ポンポン蒸気が、催促するように機関の音を立てた。藤色の煙の輪が、川面《かわも》を流れる。船体がわずかでもゆれているのか、濃い緑の水のひだがゆったりとひろがる。掘り返された赤土の端では、椎《しい》の若葉が風に葉裏を返している。その上に、紙のような月が出ていた。

人足たちの流れが、まばらになった。その終り近く、頬《ほお》かむりした若い男を見たとき、宗三郎の憤懣《ふんまん》は爆発した。

　宗三郎は、男り腕をつかんだ。

「義市、おまえまでが……。いったい、どういう料簡《りようけん》なんだ」

　義市は、その腕をふり払った。

「しようがねえや。日銭《ひぜに》が欲しいからな。ここはまちがいなく日銭になる」

　手拭《てぬぐ》いをとって土ぼこりをはたき、

「栄五郎さんに食わせるものの心配をしなくちゃ」

「しかし、それはみんなで……」

　宗三郎の声は弱くなった。少しずつ持ち寄ることにはしているものの、十分とはいえない。

「薬代はただだが、食いものまで医者はくれねえ」

「………」

「おれは裏切りとは思っていねえ。おれがここに来なけりゃ、誰かが代りに傭《やと》われる。工事の進み方に変りはないからな」

　宗三郎は、黙って小さな体で押すようにして歩き出した。まわりに聞かれたくなく、見られたくなかった。

背後から笑い声がきこえた。

事務所の戸口から、臨検の一行が盛り上るようにして出てくる。先頭に、土木課長のフロック・コートがあった。

宗三郎には、堤防欠潰《けっかい》公判の傍聴に出かける暇はなかった。下手人《げしゅにん》たちの罰が重かろうと軽かろうと、残留民には関係はない。裁判の進行如何《いかん》より、谷中そのものの明日の立直りをどうするかということが問題である。それに、以前に倍して働かねば生計の資が得られぬ状態であった。

四月十二日、宗三郎は第二回公判の模様を新聞で読んだ。そして歯噛《はが》みしながら、その記事を兄宗吉に示した。

「……岡土木課長の証人訊問《じんもん》あり。岡土木課長は裁判長の問ひに対し、『庚申塚《こうしんづか》堤防附近は遊水池として買収せしものにて、猶《なほ》、残留民は十数戸あれど、是《これ》はいづれも無断人家にて、人家といふ種のものにあらず。自ら危険を冒し、残留したるものにて、云はば乞食《こじき》の如きものなり』と証言……」

宗三郎は、すぐ机に向って筆を走らせた。

「予は我等が乞食であるとは意識してゐない。曾《かつ》ては故《ことさ》らに堤防を破られて米麦が穫《と》れなくとも租税を納め、家を毀《こぼ》たれて起臥《きが》する所がなくとも戸数割を出し、出入の道を閉ざされても壮丁を送って勤める等、一として国家の義務を欠いた覚えがないからである。

コンミッションで拵《こしら》へたフロック・コートを着け愚民の浄財を騙取《へんしゅ》して酒池肉林に遊蕩《ゆうとう》を極むるよりは寧《むし》ろ乞食として与へらるるものを受け、粗衣空腹に甘んずる人の方が遥《はる》かに貴いと思つた事もある。けれど人と生れて己れを維持する事の出来ないのは、人の耻《はぢ》だと信じてゐるが故に、未《いま》だ乞食を仕やうと望んだ事もない。が、岡土木課長から乞食の御認定を得たる為め、社会の交際を絶たれたる暁は、岡土木課長及び之《これ》に党与した方々の玄関に、百余人相携へて乞食に罷出《まかりで》る場合があるかも知れぬ。此《この》点は予《あらかじ》め県当局の御承知を願つて置かうと思ふ……」

勢いに任せて一気に書き上げ「乞食の挨拶《あいさつ》」と題をつけ、下野日日新聞社に送った。三日後、下野日日新聞「寄書」欄は、かなり長いその全文を掲載した。

栄五郎を見舞ったとき、宗三郎はその文章を読んで聞かせた。威勢のいい話があったら教えてくれと、いつか言われていたからである。蒼《あお》くむくんだ顔で、栄五郎は何か観念するように静かに聞いていたが、読み終ると、うすく眼を開き、

「その調子でやってくれ。おれはその岡という奴に、ノミがぶちこめねえのが口惜しい」

「また、ノミの話か」

宗三郎が笑うと、栄五郎もかすれた笑い声を立てた。暗い、すえたような匂いのする小屋の中で、その笑い声には寒々するような空《うつ》ろなひびきがあった。

新聞を読む者もほとんど居ないため、残留民仲間からは何の反応もなかったが、村の外からは、さまざまな反響が起った。痛快とし、共感する手紙も数多く受け取った。激越過ぎるとの警告もあった。

文の終り近くに、

「……県当局よ、怖《おそ》れ給ふな。乞食は其《その》名の如く、身に筆舌もなければ、刀槍《とうそう》も持たぬ、僅《わづ》かに所持せし莚《むしろ》と竹槍《たけやり》も永年の風雨に腐れ、残る鍬鎌《くはかま》すら今は錆《さ》びて役に立たず。彼等功成り、全身不随の褥《しとね》に、乞食狩り記念の写真を翫弄《がんろう》する時、吾等《われ》は亡村の白浪に小舟を漂《うか》べ、五月雨《さみだれ》の空に洩《も》る月を眺めて歌はんかな。浮沈は神の摂理、生死は仏の慈悲と」

などという表現もあったためである。

その記事が出て一週間ほど後、宗三郎がひとり祠《ほこら》の脇《わき》の木蔭《こかげ》で葭簀《よしず》を編んでいると、水塚の端に分署長の顔が現れ、つづいて、いま一人、角袖《かくそで》姿の巡査が見えた。

宗三郎は、思わず身構えた。分署長は、掛声をかけて、水塚の上に飛び上った。振り返って何か叫ぶ。

巡査に続いて、洋服姿の申し合せたように恰幅《かっぷく》のいい三人の男が現れた。宗三郎は、刑事かと怪しんだのだが、三人目の紳士を見て、その一行がわかった。原田定助と、その同僚の三宅・竹内の二県会議員であった。議会で岡土木課長らを糾弾《きゅうだん》してくれた県議たちである。

祠に詣《まい》った後、県議たちは口々に言った。

「きみの文章を読んだ。なかなか痛烈じゃねえ」

「田中さんに似てきたなあ」

「一部の役人どもは、官吏侮辱罪で告発するなどと騒いで居った」

「それなら、こっちは人民侮辱罪で訴えてやります」

宗三郎も明るく言い返した。県議たちは笑って、

「いよいよ、田中さんばりだ」

宗三郎は、正造に似るといわれると妙な気持になる。すなおによろこべない。自分は正造のごく一部をまね、正造もまた谷中残留民の生活の全部ではなかった。正造に似る似ないなどということは、宗三郎にとって何の意味もないことだ。それなのに、正造に似ると言えば、ほめ言葉ともお世辞ともなるときめこんでいるのが腹立たしい。

また、誰も本心では正造は一人であり、一代限りで終った人物と思っている。もはや、第二の正造の出てくる時世ではないと考えている。それなのに、なぜ軽々しく正造との比較を持ち出すのだろうか。

宗三郎は、仮小屋の新しくつぎ足した部分に県議たちを案内した。警官二人はその軒先に手をかけてゆすぶってみてから、県議に遠慮して何も言わずに、宗三郎の坐《すわ》っていた蓆《むしろ》に移った。

汗を拭《ふ》くと、原田が口を切った。県会議長をつとめたこともあって、三人の中では最も年長であった。

「こうして揃《そろ》って来た理由は、あんたにはすぐのみこんでもらえると思うが……。われわれは県をつついた。しかし、県では絶対にあの堤を直さぬという。ひとり県だけの意向でなく、内務省の意向が背後にあるのだ。

とすると、村は自然に水没することになる。いま見てみれば、霊祠《れいし》の礎石も水に浸《つか》っているが、田中さんは、あんたたちに水死しろとは言わなかった筈《はず》だ。残留してから毎年水死者の出ないことをじまんして居られたくらいだ。あんたたちを溺《おぼ》れさせぬために、そして、田中さんの霊祠を水から引き上げるために、われわれにできるだけのことをしようと、よく練った上での腹案を持ってきたんだが……」

居中調停に立ちたいという原田ら三県議の申出を、宗三郎は一存でことわるわけには行かなかった。

原田は、正造の親類として、永年にわたり正造を通じて鉱毒運動に物質的な援助をしてくれた恩人であり、県会で谷中問題をとり上げてくれるのも、それら三人の県議以外に居なかったためである。

宗三郎は、残留民全部が集った上で、三県議の話を聞きたいと答え、後日を約して別れた。

七

その後、宗三郎は村の中を触れ廻《まわ》ったのだが、当日になってみると、集ったのは残留十六戸の半数に過ぎなかった。春耕のはじまったときで、近隣の町村へ小作や日傭《ひやとい》に出ているためであった。

三県議は、南犬飼《みなみいぬかい》に残留民全部を収用できる恰好《かっこう》の土地があり、その土地の払下げはもちろん、移住費その他、移住についての一切の斡旋《あっせん》をしようと申し出た。

八人の戸主たちは、その話を聞いても、何の反応も示さなかった。うなずきもしなければ、かぶりもふらない。無表情な眼つきのまま、県議たちをみつめている。

「どうなんです。考えてくれませんか」

説明した竹内県議に代って、いちばん若い三宅がたまりかねて言った。

「何とか言ってくれなくちゃ」

宗三郎が触れ歩いたときの感じでは、残留民たちに受け入れる意志はなさそうであった。断るなら断ると、その場できっぱり言って欲しかったが、断りを言うことさえ物うい といった顔つきであった。

「勇蔵さん、どうなんですか」

宗三郎は、誘うように言ってみた。勇蔵老人はすぐには返事をしなかった。顎《あご》をふり上げるようにして、宗三郎を見る。

宗三郎に、眼で促されて、

「ありがたい思召《おぼしめ》しですが、わしらはここに残っていたいんでがす」

「どうしてだね」

「どうしてでもでがんす」

県議たちは顔を見合せたが、

「いま返事をしてくれというんじゃない。考えてみてくれというんだよ」

「考えても、同じことでがんす」

三宅は首を振って、

「他の衆はどうだね」

相変らず、誰も口をきこうとしない。

「ともかく考えておいて下さい。あなたたちがここに居《お》れなくなるのは、時日の問題なんですから」

予期していたのか、それほど不興な顔も見せず、県議たちはくり返し念を押して去って行った。

すぐにその後を追いかけるように、宗三郎の許《もと》に、はるかに好条件の調停案がもたらされた。

宮城県に数十町歩の官有林があり、その半分を多年の労に報いるため宗三郎に提供し、あとの半分を残留民十六戸に提供、正造の霊祠を捧持《ほうじ》して移住しては如何《いかん》。面積が不足の場合は、追加してもよし、また田中霊祠を移住地に祀《まつ》るのが不適当なら、一《ひと》先《ま》ず上野寛永寺《かんえいじ》境内に祀ることにしてもいい。移住費・開墾費は農商務省の機密費から支出する——宗三郎を東京に呼んで、この案を熱心に説いたのは、鉱毒運動時代の正造の同志で、その後政界入りをした桑村《くわむら》という人であった。

　宗三郎は、桑村の家から出ると、すぐ木下尚江を訪ねた。正造の歿後《ぼつご》、尚江は一度も谷中に顔を見せなかったが、手紙を通して、相談にはのってくれていた。

　久しぶりに会った尚江は、肥《ふと》って、顔つきも円満になっていた。桑村案を話すと、桑村その人については余り高く評価できないという返事であった。

　夜になって宗三郎は、駒込の中村弁護士の家に落ち着いた。中村の妻はやさしく、三人の子供は相変らずにぎやかで、宗三郎を兄のように迎えてくれた。

　だが、家に入った瞬間、宗三郎はうすら寒いものを感じた。下女も傭《やと》わなくなり、食事も以前にまして質素なものとなった。まるく肉のつき出した尚江を見た後で、中村弁護士はいっそう痩《や》せて尖《とが》った感じであった。

　翌日と翌々日の二日間、中村の弟の久須美弁護士も加わって、控訴審弁論の打ち合せをした。話が移住問題に触れると、中村は、

「どこに移住しても、控訴に差し支《つか》えはないから」

　と、とくに意見を述べなかったが、辞去するまぎわに、

「あなたがどこまでも初一念を貫かれるなら、それがいちばんいいでしょう。いざとなれば、ぼくの実家が北海道で小さな網元をしていますから、二人してそこへ行って地曳網《じびきあみ》でも引けば、何とか食って行けると思います」

まじめな顔をして言った。

谷中に帰ると、宗三郎は二つの調停案について、残留民の意見を訊《き》いて廻《まわ》った。村は緑の絵具で塗りたくったように、すべてが濃淡とりどりの緑一色に消えていた。わずかの麦畠《むぎばたけ》が、その間に黄熟したひだをのぞかせている。強い陽炎《かげろう》のこもる空には、無数のひばりの声がちりばめられていた。その声は愛くるしいというより猛々《たけだけ》しく、短軀《たんく》を運ぶ宗三郎の行先々に空からからかいの歌を投げつけるのであった。

周囲の町村で水田に水をとりはじめたため、堤内はやや減水して、道ばたの幾基かの馬頭《ばとう》観音が久しぶりに頭をのぞかせている。村に来たある新聞記者はそれを「罵倒《ばとう》観音」だとも言ったが、水に傾き、藻や苔《こけ》が附着して、像の輪廓《りんかく》もうすれている。

藪《やぶ》だたみの蔭《かげ》に散在している墓石も、同じ緑の風化をはじめていた。坪三銭三厘という補償費では改葬料も出ぬまま打ちすてられて、すでに十年近い歳月が流れていた。

残留民たちは、麦扱《むぎこ》きにいそがしかった。幾戸かは他村に働きに出ていたが、残っている家々の水塚からは、黄ばんだ麦ぼこりが大きな円筒状に舞い立っていた。

宗三郎の話しかける相手は、うるさそうに顔をしかめ、

「きまってるじゃねえか。村を離れやしねえ」

と、手も休めず、つぶやく。答え代りに、地をたたくから竿《ざお》の音は、怨念《おんねん》がこめら

れてでもいるようにはげしかった。正造と廻《まわ》ったときには、それを汐《しお》に〈茶でもいれましょう〉と、どこでも仕事の手を休めたものであった。

宗三郎には、その変り方がよろこぶべきものか否か、判断がつかない。水に攻められ、生活は苦しくなってきている。だが、十年の残留生活ですっかり根を下し、立退問題などはじめから相談の必要なしときめこんでいる腰の重さも感じられる。話しする宗三郎自身が不乗気なのを、麦ぼこりで赤く濁った残留民たちの眼はいち早く見透かしてしまってでもいるようであった。

幾戸か廻った末、ひばりの声に追われるようにして、宗三郎は栄五郎の仮小屋にもぐった。陽光をふいに遮られ、視野は赤黒く、宗三郎は何かにつまずきそうになった。瞬間、その足もとから「あっ」という声が起った。寝ている筈《はず》の栄五郎の声でも、ミチ子の声でもない。宗三郎はとまどう眼に力をこめて見返した。

白くぼんやり角袖《かくそで》が浮び上り、その横に声を立てた小柄な男が居た。永助であった。買収に応じて離村した縁故民の一人だが、一時は残留民切りくずしに立ち廻っているという噂《うわさ》もあった男である。

縁故民の多くは、すぐ隣接の町村に移っていた。谷中地内の旧所有地の使用権は認めるという立退当時の契約にしたがって、わずかではあるが耕作可能な土地に麦をつくり、浸水後、萱《かや》や芦《あし》などの叢生《そうせい》したところからは菅笠《すげがさ》・葭簀《よしず》の材料や馬糧や肥料用にそれらの草を刈《か》り、また以前通りそれぞれの網場・筌場《うけば》を持って漁獲を得ていた。代替の耕地を買う金ももらえず追い立てられた彼等にとっては、谷中堤内でのそうした収益が、生活の大きな支えとなっていた。

買収から強制破壊前後までは、残留民は、正造の注意にもかかわらず、縁故民をにくみ、敵視した。縁故民の中に、切り崩しに働く者があったためでもある。だが、もともと同じ村の人間であり、相変らず同じ土地で顔を合せているので、憎しみもしだいにうすれてきた。堤内の一部が煉瓦《れんが》会社に払い下げられようとしたときや、大養魚池化されそうになったとき、残留民が居て反対してくれたことで、縁故民の権利も守られたわけである。縁故民の中からふたたび谷中に戻って、仮小屋住いをはじめる者も増えて、その戸数は残留民と変らなくなっていた。

縁故民だからとくに警戒する理由もないのだが、分署長といっしょなので、宗三郎は眼をみはった。

「永助、おまえは切り崩しに……しかも、こんな病人のところへ」

「ちがう。おれは見舞に来たんだ。そしたら、そこへ偶然、署長さんが……」

「しめし合せて来たんだろう」

「ちがうんだ。な、栄五郎さん」

永助の声に、栄五郎は大儀そうにうなずいて見せた。

「おれはおまえにことづけてもらおうと思ったが、ことわられたんで……。だから、こうやって……」

永助はそう言って、栄五郎の枕許《まくらもと》を指した。そこには五升ほどの米袋が置いてある。

「宗三郎、思いすごしだ。こんな病人相手に切り崩しでもあるまい」

分署長がとりなした。宗三郎は二人の間を分けて、栄五郎に近よった。栄五郎は肩で呼吸をし、見上げるだけの気力もないようであった。枕許に薬壜《くすりびん》がないのは、ミチ子が藤岡の病院へとりに行っているのであろう。

背後で、永助が立ち去って行く様子であった。

屈《かが》みこんだ宗三郎は、栄五郎のくさい息をまともに受けながら、容態を訊《き》き、何か用は無いかと訊《たず》ねた。調停問題を切り出す気はなかった。気性のはげしい栄五郎を、苦しめるだけの結果になる。

外へ出ると、署長もついてきた。

「栄五郎は、気の毒だが、もう永くはないね」

同情的な言い方であったが、宗三郎には不愉快であった。

「そんな重病人に何の説諭なのですか」

「いや、ただの見廻《みまわ》りだ。戸籍簿調べの代りのようなものだね」

そう言ってから、その言葉の残酷な意味に気づいたのか、あわてて言い足した。

「けなげな孫娘だ。ま、立退問題さえ片づけば、表彰具申と行きたいところだ」

署長はそう言ってから、宗三郎の表情をうかがった。何気ない言い方で、反応を探っているのだ。

宗三郎は無言で、草いきれのこもる緑の道を歩きつづけた。

署長は追いかけて、

「犬飼といい、宮城といい、ずいぶんといい話じゃないか。縁故民たちは羨《うらや》んで居る。土地のひろさから言ったって……」

宗三郎は、その先を遮って、

「移住地の可否は問題じゃないんです」

「どういう意味だね」

「もともと、どの調停案も立退きを前提にしてますが、わたしらにはそれが気にくわんのです。立退いた先のことなんか……」

「ほおっ」

署長は、少し気抜けた顔になった。

「立退いてしまえば、問題は消えてしまいます。みんな日々の生活に追われて、その方に首をつっこんでしまいますからね。それでは、ここまでがんばった意味がなくなります」

「それは、田中さんの意見だったね」

「いまは残留民の意見です。いや、意見というよりも、木が水に根をのばすのと同じほど当然のことと思っています。谷中を離れるのは、水を断たれるのと同じです」

「それが迷妄《めいもう》なんだ。おまえあたりは迷妄とわかっていて信じたふりをする。もっとも、それが指導者というものかも知れんが」

「わたしは指導者じゃありません。勇蔵さんも栄五郎さんも、みんな一人一人が指導者なんです」

宗三郎に、指導という実感はなかった。みんな、最初の方針通りに生きている。鈍重なほど、それに疑いを持たない。

署長の語調が変った。

「みんな、水死しても居残る覚悟だそうだな。水死体なら、こちらも扱いいい。ただ数が多いのだけ難だが」

「署長さん」

宗三郎は、足をとめて、にらんだ。署長は横顔を見せたまま続ける。

「水死の原因をつくった海老瀬村の連中は、懲役四か月、三年間の執行猶予。つまり、無罪も同然の判決となった。ふつうなら、とてもこの程度にはすまん。内務省の遊水池計画という大事業が何より優先される。それがいまの状態なのだ」

「…………」

「県議さんたちの調停も、桑村さんの案も、だしぬけに出てきたんじゃない。内務省の指令で、県ではいよいよ第二の強制破壊にふみ切る肚《はら》だ。その前に何とか収拾しょうというので、あの人たちは……」

「署長さん、あなたはそれを触れ廻《まわ》っておどしているんですか。しかも、瀕死《ひんし》の病人の枕許《まくらもと》にまで」

「いや、おどしてるんじゃない。事実を言ってるんだ。……今度はやるといったら、やるよ。田中さんでも居られれば、どんなことになるかも知れぬと二の足踏むが」

正造の名声とそのひたむきさは、どこでどんな人の心に針をさしこんでいるか、わからなかった。先の強制破壊後、侍従の差遣《さけん》まであって譴責《けんせき》されたのは、県にはにがい経験であった。

「田中さんが居ようと居まいと」

と、口に出してから、宗三郎は空《むな》しくなり、

「一度こわされるのも、二度こわされるのも同じことです。どうぞ壊して下さい」

署長はもとの口調に戻った。

「強制破壊された跡に住みつくなんて珍しい話だし、まして、その仮小屋住いを十年も続けるとは、前代未聞のことだ。おまえたちの志操は十分立証されたのだから、もうそろそろ年貢《ねんぐ》を納めていいんじゃないか」

「………」

「それに、田中さんの霊祠《れいし》のことも考えてみなくちゃいかん。桑村さんは、田中さんのお墓が県の俗吏どもの手にかかっては申訳ないと心配されて居る。わしも、その俗吏の一人だがね」

宗三郎は無言のまま歩き続ける。署長は汗を拭《ぬぐ》いながら追って、

「おまえは、そうは思わないのかい」

「遺志を守ってそうなるのですから、田中さんも許してくれると思います」

「桑村さんは、いずれにせよ、霊祠を泥水に漬けてしまうのは許せない。ひとまず寛永寺境内に改葬したいと言ってこられたが、その点はどうだね」

「わたしにも、それをくり返し言われました。それだけに妙な気がしたんです。お骨

ばかり守ろうとせず、なぜ、わたしたち谷中を守って下さろうとしないんです」

〈正造に同情しても、正造の事業に同情して来ている者は一人も居らん〉と死の床で言っていた正造――。

「人間の同情には、ついて行ける限度というものがある。それに、余り実りそうもない同情は誰も尻《しり》ごみするものだ」

署長はさとすように言い、

「それに、桑村さんはおまえのこれまでの努力には十分報いようという意向だ。おまえも、もうすぐ三十。子供の二人三人あってもおかしくない年齢だ。少しは、自分のことを考える必要もある。……ここで何十町歩かの山林をもらえば、残りの人生は遊んでても暮せる。おまえのことだから、田中さんの供養をするとか記録の整理をするとか、いくらでも有意義な仕事がやれるじゃないか。それとも、何か希望が……」

他の希望――宗三郎自身にもし考えることがあるとすれば、就学の望みだけであったが、いまとしては遅すぎる。

「何も望みません。山林の半分を下さるというお話に、わたしは腹が立ちました。これは、うかつに応じられないとも思ったのです。えらそうなことを言うようですが『人もし全世界を得とも、其生命《その》を失わば』という聖書の言葉を思い出して」

いつか、二人は宗吉の水塚の下まで来ていた。軽く会釈して離れようとする宗三郎に、署長はせきこんで言い足した。

「わしも、今度の異動ではここをやめさせてもらうつもりだ。ここの署長は、ふつうの二倍も三倍も神経をすり減らすんでなあ」

いまいましそうな語調が、しだいに弱くなって、

「今度異動させてくれなければ、わしは退官しようとまで思ってるんだよ」

くるりと背を向け、大股《おおまた》に立ち去って行った。

ひばりの声と麦扱《むぎこ》きの音とが、競い合うように宗三郎の耳に入ってくる。

それから一週間ほど後、宗三郎が桑村への正式の返事と控訴審の打ち合せに三日ほど上京して戻ってくると、夕刻、勇蔵が元気のない様子で訪ねてきた。

「どうだね。話してくれたかね」

まず宗吉に向って言う。宗吉は黙って首を横に振った。ふだん無口なので気にもしなかったのだが、宗吉の顔色も冴《さ》えない。宗三郎と眼の合わないようにつとめている。

「何かあったんですか」

「実は……。分署に呼ばれたんだ。みんなそろって」

正造は生前、用があるときはできるだけ宗三郎を通すよう頼んでいたのだが、その

裏をかいて、宗三郎の留守中に一同を呼び出したのだ。一週間前に別れたばかりの署長の顔が憎々しく映る。

「それでどうしたんです」

「立退けというんだ。おらたちがどうしてもいやだと突っぱねたら、それなら、どんな目に遭っても構わぬという請書《うけしょ》を書けと言う」

「それで、書いたんですね」

宗吉と勇蔵が同時にうなだれた。

「どうしてそんなことをするんです。わたしがやかましくとめておいたのに」

「請書《うけしょ》書かなけりゃ帰さねえ。今夜は署に泊ってもらうというものだから」

勇蔵の声はいつもと別人のように小さくおどおどしていた。

「残されたって構わねえと言ってた人がどういうことです」

「申訳ねえが、警察に泊められるなんてことは……」

「請書を出す根拠もないし、出さねば帰さぬなんて、そんなばかなことは法律に規定されていないんです。どうして突っぱらなかったんですか」

「申訳ねえ。どうも警察というところは……」

勇蔵はそう言ってから媚《こ》びるような眼になり、

「間違ったことを書いてごまかされるといけねえから、写しをもらってきた。この通りだから、心配いらねえと思うが」

幾つかに折った紙片をとり出す。宗三郎は稚拙な字を読んだ。

「右自分ども儀は、本日お召出しの上、我々一同に対し堤塘《ていとう》切り開きにつき家屋浸水の恐れあるべき趣を以《もつ》て退去すべきむねの御説諭を相受け候も、われわれに於《おい》てはいかなる水災にかかろうとも退去相成り難き候間《そうろうあいだ》、ついては爾今《じこん》いかようの儀これあり候とも決して苦情はこれなく候なり、よって他日のため右相請け候也」

仰々しいが大した文面ではない。そして、反対の筋はりっぱに通っている。署長の顔色を上眼づかいにうかがいながら筆を走らせている老人たちのことを思うと、おかしく、また気の毒にもなった。この請書にどれだけの実効があるというのだろう。こうしたことまでしなくては安心できぬと考えているとすると、署長もやはり相当弱っているなと思った。

八

調停と和解の勧告は、その後も休みなく続けられた。

残留民は、最初の意向を変えなかった。その間に、南犬飼の移住予定地には地元民の割込み運動があって、約束の半分近くの土地しかないことがわかり、また宮城の方も、一有志の政治力と、機密費による操作ではどこまで実行性があるのか疑わしいということもわかってきた。〈まず立ち退いた上で〉ということの危険さを、残留民たちは改めて思い知らされた。彼等は本能的にその危険を感じとってもいたのだ。

秋も深まると、県は矢つぎ早に強権的な追い出し工作をはじめた。

十一月二十一日、二十日間の期限内に、田中霊祠および残留民仮住居等一切の建造物の取払いを命ずる立退命令を出し、実行しなければ、河川法第五十二条により処分するとの戒告書を添えてきた。

残留民は動揺せず、期限の十二月十日をやり過した。

翌十一日、県は再度、一週間の期限による取払いを命令、もし実行しなければ県が代って強制破壊を執行、その費用を各人から徴収する旨の再戒告書を送ってきた。

谷中に再度の強制破壊との報《しら》せは、東京にも届いた筈《はず》なのだが、駆《か》けつけてくれたのは中村弁護士、それに大杉栄《おおすぎさかえ》・伊《い》藤《とう》野《の》枝《え》の三人だけであった。

期限の十七日を過ぎた。

十年前には、大事な家財と病弱者を近辺の縁者に預けて執行に備えたのだが、今度はどの家もそのまま執行吏の到着を待った。

心配なのは、栄五郎であった。重態なだけに、その日の憤激が命とりになりかねない。だが、栄五郎を村から外に移すいかなる口実も考えつかなかった。先戸主たちは、毎日、押し黙ったまま小屋の前で菅笠《すげがさ》や葭簀《よしず》づくりをして待った。先回は夏のことでもあり、破壊の夜も露天に畳だけ敷いて眠ることもできたのだが、いまは一夜の眠りについてさえ、何の見透しもなかった。満天にはりつく星の下でその夜の中に眠ったまま凍え死するかも知れない。

だが、執行吏も人夫の群も、警官隊も、姿を現さなかった。人夫狩り集めの情報もなかった。

こうして村民たちが、息をのんで堤外の気配に耳をすましているとき、思いもかけぬ悲しいできごとが堤内で起った。

栄五郎の孫娘のミチ子が、破傷風にかかったのだ。ミチ子は勇蔵の小屋に移された。発作が起る度に、小さな背筋も折れんばかりに反り返り、真珠色の泡《あわ》を噴き、強直してもだえる。

やがて、けいれんしたまま呼吸がとまるようになった。稚《おさな》い顔から血の気が退き、唇がみるみる紫色に褪《あ》せる、その発作がしばらく続いて、まるで死者の顔になった後、ふっとまた呼吸が返る。小さな歯をかちかちと鳴らし、頬《ほお》にかすかな朱を散らしてこの世に戻ってくる。藤岡からはるばる詰めてくれた秋山医師も、治療法のない難病というので、ただ強心剤を打って、最期の時を延ばすばかりである。ハルは狂乱した。毒が伝染するからと、医者のとめるのもふり払い、ミチ子の体にすがりつき口を吸った。

稚い生命の最期の場として、その小屋はあまりにもみじめであった。秋山医師の知り合いである栃木の病院がともかくひきとってくれることになり、人力車の中にハルが抱えて村を出て行った。病菌は足のひび割れから侵入したということであった。薄氷の中の道を藤岡まで薬とりに通っている中に、破傷風菌に侵されたのだ。それはまた、堤内が水に浸《つか》っている限り、そして堤内に残留している限り、どの子供の上にも明日にも見舞いかねない運命である。残留民の間に、はじめて動揺が起った。

栄五郎は、ミチ子が居なくなった二日後死んだ。栄五郎を納めた棺は、小舟に乗って村を離れた。かつて宗三郎が勇蔵の家の火事を望見した部屋《へや》村の寺に並んで埋められる筈であった。谷中の見えるところに埋めてくれというのが、永い病床での栄五郎のただ一つの願いであった。

原田定助ら三県議たちが、ふたたび活動をはじめた。知事に取払期間の延長を要求、

「延期は認容できないけれど、其《その》法律命令の執行については充分の好意と同情とを以

て臨み、従来の如く被害村民の困窮せしむるが如き残酷の処置は断じて執らない方針である」との確約を得た。そして、この確約に現れた県側の誠意に応《こた》えるだけの誠意を残留民の側にも求めた。それは、立退きを交渉の前提としてのむことであった。三県議が新たに探してきた移住地は、谷中より一里西北、藤岡町高取にある沼地に渡良瀬川改修剰土を入れた埋立地であった。

トロッコでぶちあけた土が、凸凹した山になっている。地下五メートルほどのところから掘り上げたという土は、岩石まじりの赤褐色で、無気味な毒素でも暗示するように、ところどころ青光りしていた。埋立が終って何か月にもなるというのに、草一本生えていない。

残留民たちは、誰ひとりそこへの移住を希望しなかった。それより谷中周辺の縁者をたより、小作地にもぐりこむことを選んだ。堤内に近ければ、耕地は持たなくとも、何とか生計の立つ目安はあった。

古河町野中屋で開かれた打合会の席で、県議たちは怒った。

「以前、犬飼の土地を世話してやったときも、辞退した。その上に今度も……。いったい、われわれの面目をどうしてくれるんだ」

「しかし、あのとき下さるという土地の半分は、地元からの要求で削られてしまいました。あれじゃ、とても食って行けないから辞退したんでがす」

宗三郎は後になって知った情報を逆用して、言いつくろった。

岡土木課長が横から口をはさんだ。

「それじゃ今度はどうだ。いまは四反だが、整理がすめば六反になる。さし当っては貸し下げだが、二年以内に無償で払い下げる」

「しかし、あの土地じゃ、とてもかなわねえ、末は乞食《こじき》になっちまうでがんす」

勇蔵がつぶやく。「乞食」という言葉に、岡は眉《まゆ》を寄せた。

「なあに、いまは見たとこ、ひどいが、県の方で地ならしもするし、耕地整理もする」

「水をどうするんです。かんじんの水が無《ね》え」

「掘抜きの大きな井戸をつくってやる。県議さんの前で、土木課長のわたしが言うんだ。まちがいない」

「わしら、土地の色見りゃ、わかるんでがす。あんな悪い土地にしばりつけられとうは無い」

残留民たちがいっせいに同調するような声を立てた。

「よろしい。それじゃ、宗吉・宗三郎兄弟だけでもそこに移ってくれ給え。宗三郎も当然戸主になっている年齢だから、一戸前の土地を分ける」

「わたしは要りません。下さるのなら、田中霊祠《れいし》に寄附します。ただ、くり返し言っておきますが、不本意な立退きですので、控訴は絶対とり下げません。法廷で、あくまでわたしたちの主張の正しかったことを認めさせます」

「構わないよ。きみの方が苦しむだけだろうから」

岡は主人公顔してしゃべる。宗三郎は岡から眼を外《そ》らし、床の間を見た。「辛酸入佳境」の正造の掛軸が下っている。

野中屋の主人は、正造の歿後《ぼつご》も残留民に好意を持ち、夜明けまで飲食したという名目で宿代もとらずに残留民を泊めてくれたりし、その座敷にはいつも正造の掛軸や色紙を掛けている（強制破壊後最初の犠牲者である千弥の妻の死を聞いた日も、その同じ軸がかかっていた）。

はげしい筆勢ながら、まるみを帯びたその五文字が、宗三郎の視野いっぱいにふくれ上った。辛酸を神の恩寵《おんちょう》と見、それに耐えることによろこびを感じたのか。それとも、佳境は辛酸を重ねた彼岸《ひがん》にこそあるというのか。あるいは、自他ともに破滅に巻きこむことに、破壊を好む人間の底深い欲望の満足があるというのだろうか。

正造がそのいずれを意味したのか、そのすべてをも意味したのか、知る由もない。

ただ、宗三郎に明らかなのは、残留民にはいまどんな意味においても、佳境がないということである。余りにも、佳境から程遠い。心は泡立《あわだ》ち、鳥肌立っている。

大正六年一月十九日、栃木町での正造の定宿であった金半において、三県議および中村弁護士立会いの下に、残留民全員と岡土木課長との間に、移転についての最終的なとりきめが行われた。谷中地内旧所有地の耕作・雑草刈取・漁業権を認めること、就業費・取払執行費を各戸に支給することを条件に、宗吉ら六戸が藤岡町高取に移るのをはじめ、残留全戸が一か月以内に谷中から立ち退くことになった。

九

県と闘う場は、法廷のみとなった。

大正六年三月十八日、控訴院受命判事再び臨検、畑中宗清氏に鑑定を命ず

同　六月十八日―廿一《にじゅういち》日　畑中鑑定人再び現地踏査

同　十二月十八日　畑中鑑定人から土地価格鑑定書提出

中村弁護士はこの控訴にかかり切り、無報酬の活動を続けた。書生を一人置くのみで、弟の久須美弁護士と、ときどき上京する宗三郎の手助けの他は、すべて中村ひとりが体を動かし、筆を走らせた。酒ねだりをして宗三郎を苦笑させた中村だったが、

それほど好きな酒もいつの間にかやめた。

その生活の中では、子供だけが唯一の慰めのようであったが、長男が胸を病んで死んだ。

大正七年六月十二日、控訴以来、二十一回の弁護を重ねて結審。結審を言い渡す裁判官の言葉には残留民へのいたわりがにじんでいた。中村・久須美の両弁護士と宗三郎らは、久しぶりに明るい顔で裁判所を出た。その気分を痛いほど詠《よ》みこんだ久須美の句。

五月雨《さみだれ》の　はれまに　青き松の色
しかし、晴れ間は幻影であった。裁判官が更迭《こうてつ》となったのだ。不吉な予感が湧《わ》いた。第一審のときも、裁判官が中途で更迭となり、みじめな敗訴となっている。五月雨はやまず、弁護士も残留民も、正造の歌にのろいをかけられたように、雨に打たれたたかれ行く牛、となって、ぬかるみ道を歩き続けねばならなかった。

中村弁護士は、ある日、ふっとこんなことを言った。

「谷中事件はどうしてこんなに長引くのだろう。縁起を担ぐようだが、この事件の記録番号は三六七号で、うちの番地も三六七番地。そのため、ぼくの手から離れられないような気がする」

他の話がひとわたり済んでからも、中村はまた番号の一致のことを言った。「気になるなあ」

大正七年十一月十二日　嘱託《しよくたく》下妻区裁判所に於《おい》て地目及び堀に関する証人訊問《じんもん》
同　十一月二十六日　嘱託栃木区裁判所に於て地目及び堀に関する証人訊問
同　十一月二十九日　東京控訴院に於て物件移転料に関する第一審鑑定人の訊問……

中村弁護士の手紙の住所番地が、いつの間にか三六六番地に変っていた。その家が六番地と七番地の二筆にまたがっているとは聞いていたが――。

大正八年八月十八日、控訴以来七年ぶりに判決言い渡しがあった。十六戸に対して県の支払った補償金九九〇四円九九銭五厘は不当に廉《やす》きに失し、さらに五二二九円七二銭三厘を支払うべしとの判決であった。田（上等）一反当り六十円という標準は、県の買収価格より七割二十五円増であり、第一審判決の二円増であった。その限りでは、残留民の勝訴であった。

しかし、控訴に当っての残留民側の主張価格は二百六十円であり、それは別としても、亡くなった渡辺鑑定人の後任の畑中鑑定人の標準価格は百八十円であり、鑑定価格を尊重するという裁判所の慣例からすれば、かなり不当な判決と言えた。名目としては、残留民の主張の正しさを認めながら、実質的には何等《なんら》報ゆるところがなかった。

だが、明治四十年七月、正造が栃木県知事を相手どった訴訟を起してから、十二年。いま、残留民にも弁護士にも闘う余力は全くなかった。

「村の人も定めて労《つか》れたるなる可《べ》し　僕も労れたり、休安静養せよ」

中村は記念帳にそう書いた。

判決後、宗三郎らは原田定助の助けを借り、足利に中村弁護士の法律事務所を開いた。東京での埋合せをいささか足利周辺ででもという気持であった。

この後、谷中およびその周辺では、県側は次々と約束を破った。

高取の移住地では、各戸ごとに掘抜井戸をつくる筈《はず》なのに、二戸に一つずつ形ばかりの浅い井戸を掘っただけ、水は銹《さび》色に濁って、一々沸かさねばのめなかった。地ならしも、耕地整理もしてくれなかった。その全部を払い下げる筈の耕地も、移住民の努力で栽培可能と見ると、地元藤岡町民が割りこみを図り、逆に四反以下に減らそうとかかった。もちろん、無償払下げの約束は頬かむりされた。

宗三郎は、月に何度となく県に陳情に出かけた。移住後、働きに行っている先の薬屋が、正造の崇拝者で、谷中問題で自由に動くことを許してくれていたのだ。それだけに給与も安かったが。

県庁で、土木課長に会えるのは、五度に一度。わずかに宅地の削減だけはくいとめることができた。

県はさらに、かつての残留民をふくめた全縁故民の最後の息の根もとめにかかっていた。

「県令三十号――河川敷地及び遊水池附属物占用規程」がそれである。個人には直接貸し付けず、町村自治体に貸し付けるという規定では、一廃村となった谷中縁故民が持つ権利は一切否定されてしまう。

宗三郎らが通いつめ問いつめた結果、縁故民で占用組合を設立し、藤岡町役場の手を経て借りるようにとの回答があった。宗三郎は元谷中村占用組合をつくり、直後、その組合に貸し付けて欲しいと知事に陳情した。

県と町役場、残留民の三者の代表が集って話し合うことになった。その結果、縁故権を尊重する、ただし、一応、取扱い上、町役場を経由するということに落ち着いた。

だが、その約束が守られたのは、一年のことであった。大正九年十二月、一部藤岡町民が町役場を動かし、さらに県議会の大物に働きかけて、縁故民の占用権を奪いとってしまった。

分散していた縁故民が、ふたたび寄り集った。残留民だけとはちがい、人数も多い。田中霊祠《れいし》の敷地が、恰好《かっこう》の寄り合い場となった。

縁故民大会が開かれ、県庁および町役場への大挙しての陳情がくり返された。「謹て藤岡町民諸君に訴ふ」と題し、「私共は谷中地以外に未《いま》だ生活の根拠がないため、谷中の縁故地を失うことは損得の問題でなく死活の大問題である。この事情を了解されて私共の植えた柳や、芦《あし》・萱《かや》などを妄《みだ》りに採らないようにして欲しい」とのチラシを配った。

しかし、町役場は利権につながる新しい借受人を変えようとしなかった。それを激励するように、とかく噂《うわさ》のある県政界の大物たちが藤岡の料亭に出入りする姿が見られた。

一〇

年が明けた。大正十年。谷中村事件が起って十八年目。

年初早々、役場側借受人たちが抜きうちに谷中地内の萱刈《かやか》りにかかると、こっそり教えてくれる者があった。萱は刈られてしまえば終りである。そして縁故民にとって、一冬、萱を失うことは生活を失うことになる。もはや、ためらっては居られない。宗三郎は肚《はら》をきめた。

一月十一日暮夜、宗三郎らは村々を廻《まわ》って、縁故民に触れ歩いた。

翌十二日の朝早くから、海老瀬村側の堤を下り、冬に入って水の涸《か》れた渡良瀬川を渡って、縁故民は続々と谷中地内に集った。それぞれの持布でつくった赤い鉢巻をしめている。役場側の人数がなだれこんできた場合、識別しやすくするためである。手には、鋭く研《と》いだ手鎌《てがま》と竹槍《たけやり》を持っていた。竹槍は、萱束を突き刺し運搬するための農具でもあった。

人数は約八十人。死人が出るかも知れぬというので、写真屋が来て、記念写真をとった。二重廻《まわ》しや鳥打帽姿で写真をとり、その後、野良着に変えた。悲壮感が、白く霜の下りた原野にみなぎっていた。

昼過ぎ、県庁から特高課長と名乗る男が来て、中止を求めた。だが、宗三郎は聞き入れなかった。課長は検束を匂わせて去った。

宗三郎は恐れなかった。わずかに気がかりなのは、妻子のことであった。控訴院判決があって間もなく、宗三郎は三十二歳で妻を迎えていた。そのとき、谷中事件は片づいたかに見えたからである。貧しくとも、正造の妻の悲運を味わわせることもあるまいと思った。妻ははじめての女児を生んだところであった――。

十三日未明、高取の宗吉の家に泊っていた宗三郎は、兄の手にゆさぶり起された。

役場側借受人が総出で萱刈りをはじめた、巡査もついているというのだ。

宗三郎は鎌をつかむと、谷中めがけて駈《か》け出した。白い息を吐き、しばらく走ってから、田中霊祠に頭一つ下げずに飛び出してきたことに思いついた。だが、身は軽く、悔いはなかった。とりきめた筈の赤い鉢巻も忘れていた。

海老瀬村の渡良瀬川堤まで来ると、対岸の河原近い萱原《かやはら》に二重の馬蹄形《ばていけい》となってひろがって行く群が見えた。前列の巡査は、借受人と同数に近い。

その先、部落跡に近い方角、朝靄《あさもや》に半ば消えながら動いているのは、駈《か》けつけた縁故民のようであった。

宗三郎は堤を走り下りた。その宗三郎に、右から左から声をかけて、さらに縁故民たちが駈けつけてくる。川を渡り、枯柳の下を、敏捷《びんしょう》に背をまるめて走り抜けて行く、鎌《かま》が光り、竹槍《たけやり》の切っ先が朝陽に鈍く映える。

宗三郎は、縁故民の半円を背に、その十間ほど先に立った。鎌の音は少しずつ厚みを増し、静かに背を押して進んで来る。その音に、宗三郎は、勇蔵の手、義市の手、宗吉の手、千弥の手、知る限りの数多い手の動きを感じた。永い重い怒りに木瘤《きこぶ》のように盛り上った手が、いま、まっすぐその対象に向って突き進んで行く。話し声ひとつしない。さわさわさわ。鎌の音が魂の音であった。十年いや十七年間の辛酸も、ただこのためにのみあったかと思われるような張りつめた静かな音。さわさわさわ。正造、母、千弥の妻、栄五郎……二十を越す死者たち、無数の鉱毒の亡者たちが息をつめてささやき合う声にもきこえる。

靄《もや》が晴れ、朝陽が堤を越して溢《あふ》れた。萱原が一度にほの明るい狐色《きつねいろ》に染まる。刈り倒される運命を待つ下葉の落ちた細い茎は、なまめかしいほどつややかに光った。さわさわさわ。そこには、憎しみ以上に張りつめた力の均衡があった。

だが、その均衡はすぐに破れた。

「来たぞ」

「消防団だ」

眼を上げると、堤の上のうすい茜色《あかねいろ》の空を截《き》って、幾十とない人影が一列に駈けてくる。トビ口を担ぎ、ポンプも数台。

役場側の円陣から歓声が起った。消防団はすぐ目の前の堤の蔭《かげ》に消えて行く。そこで態勢を整えて向ってくるのであろう。

役場側の借受人たちは、調子づいたように声をかけて刈りはじめた。

縁故民の円陣はみだれた。あっけにとられている者。怒りにふるえる者。鎌《かま》の動きは止った。

「いいんだ。みんな、どんどと刈れやあ」

老人が叫ぶ。

宗三郎は鎌を投げすて、役場側の円陣の前に一人離れて立つ分署長めがけ、まっすぐ歩いて行った。歩く意志より先に、体の方が動き出していた。

「なぜ消防を出したのです」

分署長の眼を見て言った。署長はまだ四十前後の新任の男であった。褐色のしみのある前任者は希望通り転任になっていた。

「ちょっと待って下さい」

分署長は年長者らしい警官に寄り、ささやき合っていたが、無言で身をひるがえし、堤の方に走り出した。

宗三郎も、後を追った。

サーベルの柄《つか》を片手で押え、分署長は堤をのぼる。正確に同じ距離をとって、宗三郎も続いた。何をしようとするのか、意識になかった。永い仮小屋生活の間にためられていたものが、前へ前へと宗三郎の体を押し出してくるのだ。その結果がどうあろうと、何の悔いもないと思った。

堤を上り切ったすぐ先に、ハネ釣瓶《つるべ》の竿《さお》が空を突いている。見おぼえのある大きな茅葺《かやぶき》屋根。いつか正造が尚江とともに演説した落合佐久三の屋敷である。庭先には消防団員が黒々と群れていた。その数は、消防団全員と見えた。

署長の姿を認め、組頭が前に出てきた。宗三郎も顔を知っている。署長と話し出したところへ、宗三郎はぶつかって行った。

「なぜ出動したんです。どこに火事があります。ここには大勢巡査が立ち会っている。その中で、われわれ谷中の者が放火するとでもいうのですか。われわれはそれほどの暴民だというんですか」

分署長も組頭も押し黙って宗三郎の顔を見た。

「消防団員が不在中、もし藤岡に火事が起ったらどうします。どこの火を消しに行っていたというんですか。それに……」

宗三郎は、ふっと消防規則を思い出した。谷中の組頭をやっていた栄五郎の口から、いつか聞いたことなのだ。

「この海老瀬村は群馬県です。藤岡町は隣でも栃木県。消防が全員他県に出動するときは、県警察部長の許可が要る筈《はず》ですが、それを取って来られたんでしょうね」

一言も答えられぬままに、組頭の顔がふくらんで行く。

「火事でもないのに出動した以上、出動命令あってのことと思うけど、その命令者は誰です。町長ですか、署長ですか」

次の瞬間、組頭は、

「こんな宗三郎のような奴に彼是《かれこれ》言われ、何にも答えられねえなんて」

吐きすてるように言うと、堤に向って大股《おおまた》に歩き出した。

「そうだ、そうだ。もう消防なんてやめだ」

「この寒いのに、朝早くからひっぱり出しやがって」

消防団員たちは次々と法被《はっぴ》を脱いで、力任せに地面にたたきつける。分署長はあっけにとられて、重なって行く法被の山と宗三郎の顔とを見比べていた。

翌日、県議の原田定助から急な呼び出しがあり、足利まで出かけて行くと、原田は宗三郎の顔を見るなり、

「たいへんなことになった。知事が『今度の事件は宗三郎の煽動《せんどう》によるものと認められるので、検束するつもりだ。ただ、きみは宗三郎と別懇の間柄だから、一応、話した上でと思って』と言われた。わたしが責任を以《もっ》てとりなすから、当分きみは家にとじこもって、谷中の問題に関係しない方がよい」

宗三郎は唖然《あぜん》とした。煽動などというものではない。耐えに耐えた末、いちばん腰

の重いものが、とうとう動き出したという感じであった。

「それは知事の判断がまちがっています。わたしひとりの煽動で、あれほどの事件が起るものではありません。しかし、わかってもらえなければ、いたし方ありません。わたしはわたしの責任のために、谷中行きをやめるわけには行きません」

宗三郎は家に帰って身の廻《まわ》りをかたづけた。妻子を妻の実家に預けておいたのが、救いであった。

駅にははりこみがあるかも知れず、顔をさらして歩くのも危険である。宗三郎は思い切って俥《くるま》をたのんだ。かつて正造がひいきにしていた車夫に事情を打ち明ける。幌《ほろ》を下して町を抜け、一つ先の駅から乗車しようと思う。中村弁護士に会って法律上の知慧《ちえ》を借りてから、谷中に向う肚《はら》である。

車のゆれるのにつれて、幌のすき間から冬の日がにじむ。その光の中に、宗三郎は中村の顔を思い浮べた。せっかく足利に事務所を開いたものの、中村はすっかり体を弱らせ、東京の家から動けなくなっている。子供だけがたのしみであった中村には、長男の死がこたえていた。それに、中村だけでなく、中村の美しい妻も、かわいい長女にも影のうすさが感じられた。事件がこじれれば、また中村をひっぱり出すことになる。そのことを思うと、次から次へと不幸を運びこんで行く使者のような気がして、宗三郎は心がめいってくる。

だが、闘わねばならない。正造とともにはじまった谷中村民の辛酸は、生半可《なまはんか》な妥協によっては、決して報われることはないのだ。

宗三郎は俥《くるま》の走って行く南の方角に向って、手を合せた。正造の加護を、そして、中村弁護士の加勢を祈って。

そのとき、

「宗三郎さん」

車夫が短く叫んだ。

宗三郎が眼を上げると、すぐ前の渡良瀬川の橋のたもとに巡査が立ち、両手を上げて俥を止めにかかるところであった。

「走れ。走ってくれ！」

と宗三郎は叫んだ。

だが車夫は足をがたがたふるわせ、崩れるように梶棒《かじぼう》を下した。

単行本版あとがき

本書は、『中央公論』（昭和三十六年六月号）誌上に発表されたもの（第一部・辛酸）と、それとほぼ同量の書き下しの第二部・騒動から成る。時期的には、第一部では田《た》中正造《なかしようぞう》の死に至るまで、第二部では、正造という指導者を亡くした後、農民たちの最後の抵抗である萱刈《かやかり》騒動に至る期間を扱っている。

数年前、アスファルトに靴をとられそうな盛夏、中央公論社の青柳氏と渡良瀬《わたらせ》川畔に下り立って以来、今日まで、わたしはこの材料と取り組んだことで、作家としてのこの上ない生きがいを感じ、また、絶え間なく鞭打《むちう》たれつづける思いがした。この素材との出会いは、その意味で、わたしにとって、大げさな言い方を許されるなら、生涯の事件であった。一つの小説を書くことで一つの人生を終ってしまったような感じのする仕事であった。苦しかったが、倖せであった。

幸い、第一部が発表されると、平野《ひらの》謙《けん》・江藤淳《えとうじゆん》両氏をはじめ多くの方々から心のこもった批評と教示を頂いた。第二部にわたる作品の構想はすでに出来ていたが、わたしはそうした期待にこたえるべく、いっそう慎重に筆を進めねばならなかった。この間、足利《あしかが》市在住の島田《しまだ》蛙声庵氏には一方ならぬ御教導を頂いた。同氏の記録された田中正造翁余録は、数多い田中正造関係資料の中でもきわめて貴重なものであり、一刻も早い刊行が待たれる。その他、文献集めや取材について協力して下さった方々や、資料批判などにまで助力頂いた出版部の京谷・佐藤両氏、校閲部の鈴木恒男氏に謝したい。

次に、谷中《やなか》がその後どうなったかについての御報告を添えたいと思う。

騒動後、官憲は、竹槍《たけやり》赤鉢巻を用いたというので社会主義的な過激な思想運動にデッチ上げようとしたが、「郷土愛の精神を以て生活権を守るために起った事件であるから」と、検事は不起訴。消防団の総辞職、藤岡町《ふじおかまち》議会への旧谷中村民の進出などあって、遂に縁故権が最初の約束通り尊重され、谷中地内は旧村民に貸し付けられることになり、事件は落着した。大正十二年二月のことである。その四ヵ月後、事件の落着を待ちかねたように中村《なかむら》弁護士が亡くなり、つづいて三年間の中に、その夫人も長女も亡くなった。先の長男の死といい、中村弁護士一家は、村民と辛酸をわかつことで、死をいそがれたといってもよいであろう。

だが、村の内外にわたるこうした苦汁をなめながらの長年月の戦いにもかかわらず、正造が悲願とした谷中村そのものは遂に復活しなかった。その現状を、わたしは次のようにスケッチしている。


「渡良瀬川は、かつては恵みの川であった。日光、赤城《あかぎ》の山々から洪水のたびに腐葉土を沿岸二十七里にわたる村々に運び、それらの村々では、馬の背に積んでもなお大麦の穂先が地をひきずるようなたわわな収穫を手にすることができた。

それが、足尾銅山《あしおどうざん》が鉱毒水を流すようになってからは、太い孟宗竹《もうそうちく》が片手で根ごとぼっそりと抜け、流木をたけばその煙で眼がつぶれるという始末。渡良瀬は一躍悪名高き川、農民たちの涙をたたえてあふれる川となった。

ぼくは『辛酸』および、その続篇で、この渡良瀬の水に首までつかりながら抗議しつづけた最後の農民十八家族の姿をえがこうと、いく度か渡良瀬流域に足を運んだ。

渡良瀬川は足利市のあたりでは白々しい河原ばかりの川である。そして、田中正造の最期の地となった佐野《さの》市小羽田あたりから谷中貯水池に至る間は、ギブスでもはめられたように護岸工事で両側をびっちりしめつけられた中をおとなしく直流している。往時を思わせるようなゆったりした水脈を見せるのは、谷中廃村のあとをひとなめして、東北本線古河駅《とうほくほんせんこがえき》に近い三国橋《みくにばし》の下を流れるようになってからである（その少し下流で大利根《おおとね》に注ぎこむ）。

三国橋とは、名の通り、上野《こうずけ》、武蔵《むさし》、下総《しもうさ》の三国をつなぐ橋であり、その上手にはとんど視野いっぱいにぼうぼうたるアシ原がひろがっている。谷中を中心に四県下三千町歩の田畑をつぶした大遊水池である。ぼくは、その三国橋のたもとからボートをこぎ出し、渡良瀬をさかのぼって、谷中のあとをたずねようとしたことがあった。

岸からながめれば、おとなしい川であったが、水勢は意外に強く、しつようにボートを押しもどしにかかる。水の中から、無数の土色の手が突き出されてくるような錯覚をおぼえた。

さらに耐えられないのは、両岸の風景である。掌中を豆にして、三十分こいでも、一時間こいでも、岸辺には何の変化もない。眼と同じ高さのところには、アシの白茶けた茎が切れ目なくつづき、水際には土をえぐられて露出したたけだけしい根。上は、風にささやきながら葉裏を返すアシ——行けども行けども、ただそれだけの風景である。病みほおけた老婆のようなアカヤナギが、ときどきその上にふさぎこんだ顔を見せるのが、唯一の変化とも言えた。

そのあたりは『水郷』と呼んで、釣りもでき、冬には鴨の猟場になって鳥の数より多いハンターが川面《かわも》に顔をそろえるという。

だが、ぼくの接した限りの渡良瀬は、無愛想きわまる川、うらみつらみで耳も目もつぶれてしまった亡者の川という感じであった」(『東京新聞』夕刊昭三六・八・二一)

この書は、その意味では、何よりも田中正造や中村弁護士はじめ、辛酸の中で物故された数多くの霊に捧《ささ》げらるべきものである。

城山三郎

(このあとがきは、昭和四十五年十月に刊行された、中央公論社版からの再録です)

解説

魚《うお》住《ずみ》　昭《あきら》

もう『辛酸』を読まれた方には、あれこれ説明する必要はないだろう。これはベストセラーぞろいの城山《しろやま》作品のなかでも屈指の傑作である。そして、本作刊行から亡くなるまでの四十数年にわたる城山三郎《さぶろう》の作家活動の礎となった記念碑的作品でもある。城山の『辛酸』に対する思い入れはとても深い。それは、昭和三十七年に中央公論社から出版、昭和四十五年に再刊された単行本のあとがきを読むとよくわかる。

「数年前、アスファルトに靴をとられそうな盛夏、中央公論社の青柳氏と渡良瀬川《わたらせがわ》畔に下り立って以来、今日まで、わたしはこの材料と取り組んだことで、作家としてのこの上ない生きがいを感じ、また、絶え間なく鞭打たれつづける思いがした。この素材との出会いは、その意味で、わたしにとって、大げさな言い方を許されるなら、生涯の事件であった。一つの小説を書くことで一つの人生を終ってしまったような感じのする仕事であった。苦しかったが、倖せであった」

新進の作家がたった一つの、200ページ余りの小説を書いただけで「一つの人生を終ってしまったような感じ」がしたというのはただごとではない。取材あるいは執筆中に、城山の文学観・人間観に大きな影響を与える出来事が起きたと考えるのが自然だろう。

その出来事とは何だったのか。『私の創作ノート』（読売新聞社刊）などに城山自身の回想があるので、それらを参考にしながら探ってみよう。

『辛酸』取材のきっかけを作ったのは、戦後すぐ城山が通った一橋《ひとつばし》大学の同期生である。彼は卒業後、銀行員となり、最初に赴任したのが名古屋支店だった。大学教員として名古屋に戻った城山の住家がその近くにあったため、二人はにわかに親しくなった。

ところが約二年後、同期生が「銀行をやめて夜間高校の教師でもしたい」と言い出した。「君はいいけど、御両親が反対されるのでは」と城山が言うと、かぶりを振って「いや、そうじゃない。おれの銀行入りを聞くと、憮然として、なんでそんなところへ、と言ったおやじだから」と答えた。城山は「珍しいおやじさんだね。どういう人？」と尋ねた。話を聞くうち、城山はうなずきをくり返すほかなくなった。

同期生の父親である島田宗三《しまだそうぞう》（本作中では宗三郎《そうざぶろう》として登場する）は、足尾《あしお》鉱毒事件の被害地となった谷中村《やなかむら》の村民で、若いときは田中正造《たなかしょうぞう》の手足となり、正造の死後もその遺志を継ぎ、残留民を率いて法廷内外の闘争に、その一生を捧《ささ》げた人であった。

今でこそ正造は反公害運動の先駆者として有名だが、当時は公害という言葉も世間に通用しておらず、ほとんど忘れられた存在だった。城山は戦後になって正造のことを知ったが、それでも「鉱害被害にあった農民たちのため、地位も財産もすてて戦った義人」といった程度の知識しかなかった。

ただ、城山はそのころ別の角度から公害問題に関心を持ちはじめていた。当時、彼は名古屋の大学で講義をしていたが、その関係から、学者グループの一員として、四日市《よっかいち》市史の編集執筆を依頼された。当時の四日市は旧海軍燃料廠《しょう》あとの広大な敷地の払い下げを受け、他の諸都市との競争に勝って、石油化学工場群の誘致に成功していた。まだ「四日市ぜんそく」という言葉もなく、公害都市として悪名高くなる前のことである。

城山は四日市を見て回り、「生活が生産に追いまくられる町」という感じを強く持った。なぜなら「大工場ができるというので移転させられる。引っ越してやれやれと思っていると、すぐ近くに別の大工場ができて、煙や音でいたたまれなくなる。新しい土地をさがして移る。するとそこへまた工場がくる。いったい、どこへ落ち着けばよいのか」といった住民の声を再三耳にしたからである。

城山たちは市の実態を知るため、大工場から見ることにした。その中に、企業機密を理由に、門内へ一歩も入れてくれない財閥系の化学会社が二つほどあった。

城山たちに企業機密など盗めるはずもないのに、いくら頼んでもはねつけられた。化学会社は「おれたちがきて、市をささえてやっている。文句があるのか」といわんばかりだった。

生活が生産に追いまくられる住民。ふんぞり返る企業の壁。その対比が城山のまぶたに焼きついた。足尾鉱毒事件は、この図式を極端に推し進めたものであった。そこでは、住民は追いまくられるだけでなく、たたきのめされていた。

城山は足利《あしかが》に住む宗三を訪ね、繰り返し話を聞くうち、鉱毒事件の現代に生きる問題性に強い関心を持った。だが、それ以上に彼をこのテーマにしばりつけたのは、正造や、正造をめぐる人々の人間としての魅力であった。

正造は衆議院議長に擬せられた明治政界の大物だった。が、再三、議会で追及しても鉱毒問題が解決しないことに憤激し、政治に失望する。まず歳費を辞退し、ついで代議士をやめた末、命がけで天皇に直訴する……。

もはや正造の頭の中には、社会正義の貫徹、被害民救済しかなくなる。彼は被害民とともに野垂れ死にすることを求め、亡村となった谷中村に住みつく。「痛烈な行動的人生である。そのあざやかな人生の軌跡が、わたしをとりこにした。『無私』とか『無償』とかいう言葉が、辞書にはある。しかし、現実に、こういうひとがいたのかと人生のふしぎに目をみはる思いもした」（『私の創作ノート』より）

城山の心が激しく揺さぶられた背景には、彼の戦争体験がある。戦争末期、少年兵を志願し、軍籍に身を投じた。忠君愛国という「無私」の情熱にとらえられたからだ。だが「現実の軍隊は、くさりきっていた。『無私』を強制する上官たちは、私心のかたまりであった。

わたしは、もはや『無私』とか『無償』とか、信じられなくなった」（同）。上官たちに朝から夜中まで拳骨《げんこつ》や棍棒《こんぼう》でなぐられ、頭が大仏さまのようにコブだらけになり、尻《しり》は痣《あざ》だらけになった。また、士官食堂からは毎夜のように天ぷらやフライの匂いがし、分隊士室では白い食パンが青カビを生やして捨てられていた。なのに、少年兵には大豆や雑穀まじりの飯が茶碗《ちゃわん》一杯分、おかずは芋の葉や茎を煮たようなものばかり。牛馬同然どころか、牛馬以下の扱いだった。

そんな思いをしてきた城山にとって正造の軌跡は驚きの連続だった。

「戦争下でもないのに、無私のひととなり、しかも、その『無私』を一年二年のことでなく、二十数年にわたって正造が貫き通したということに、茫然とする思いさえあった。

それは人間というより、狂人か神という言葉で説明した方が容易な人生に見えた。(中略)狂人にも神にも見える無私の人間。その人間の秘密をわたしは知りたいと思った」(同)

生涯に二度とないだろう幸運に恵まれ、鉱毒事件の〝生き証人〟と城山は出会った。ここで、忘れられた事件の真実を伝えなければ、作家として生きる意味がない。たとえ書けたとしても、凡庸な作品で終わったら、作家として生きていく価値がない。城山は「絶え間なく鞭打たれつづける思い」で『辛酸』の執筆に心血を注いだ。

物語のはじめから最後まで通奏低音のように響くのは「辛酸入佳境　楽亦《また》在其中(辛酸佳境に入る　亦楽しからずや)」という正造がよく揮毫《きごう》した漢詩である。

悲惨さと背中合わせになった正造の晩年の美しさ。そして、渡良瀬の水に首までつかりながら国家権力に抗議する残留民の姿。城山の文章はそれらを克明に描いて、一点の緩みもない。ついには宗三郎は正造の「辛酸入佳境」についてこう言い放つ。

「辛酸を神の恩寵《おんちょう》と見、それに耐えることによろこびを感じたのか。それとも、佳境は辛酸を重ねた彼岸にこそあるというのか。あるいは、自他ともに破滅に巻きこむことに、破壊を好む人間の底深い欲望の満足があるというのだろうか」

この物語には救いがない。しかし、それでも読み終えた後、魂の奥底に染みるような透明感が残る。それはきっと、城山が絶望的な状況を描きながら、一筋の希望へとつながる道を描くという難題に挑み、成功しているからにちがいない。城山は『辛酸』を書き切ることではじめて戦後文学史に特筆される作家になったのである。

本書は、角川文庫旧版（一九七九年五月三〇日初版）を底本とし、中央公論社版単行本（一九七〇年十月三十日初版）からあとがきを再録しました。本文中には、下女、人足、狂人、盲目縞、文盲、廃人等、今日の人権擁護の見地に照らして、不適切と思われる表現がありますが、著者自身に差別的意図はなく、また、著者が故人であること、作品自体の文学性を考え合わせ、原文のままとしました。

（編集部）

辛酸《しんさん》

田中正造《たなかしょうぞう》と足尾鉱毒事件《あしおこうどくじけん》

新装版《しんそうばん》

城山三郎《しろやまさぶろう》

昭和54年 5月30日　初版発行
令和3年 6月25日　改版初版発行
令和6年 4月30日　改版5版発行

発行者●山下直久

発行●株式会社KADOKAWA
〒102-8177　東京都千代田区富士見2-13-3
電話　0570-002-301（ナビダイヤル）

角川文庫 22709

印刷所●株式会社KADOKAWA
製本所●株式会社KADOKAWA

表紙画●和田三造

ISBN 978-4-04-111437-7　C0193

角川文庫発刊に際して

角川源義

第二次世界大戦の敗北は、軍事力の敗北であった以上に、私たちの若い文化力の敗退であった。私たちの文化が戦争に対して如何に無力であり、単なるあだ花に過ぎなかったかを、私たちは身を以て体験し痛感した。西洋近代文化の摂取にとって、明治以後八十年の歳月は決して短かすぎたとは言えない。にもかかわらず、近代文化の伝統を確立し、自由な批判と柔軟な良識に富む文化層として自らを形成することに私たちは失敗して来た。そしてこれは、各層への文化の普及滲透を任務とする出版人の責任でもあった。

一九四五年以来、私たちは再び振出しに戻り、第一歩から踏み出すことを余儀なくされた。これは大きな不幸ではあるが、反面、これまでの混沌・未熟・歪曲の中にあった我が国の文化に秩序と確たる基礎を齎らすためには絶好の機会でもある。角川書店は、このような祖国の文化的危機にあたり、微力をも顧みず再建の礎石たるべき抱負と決意とをもって出発したが、ここに創立以来の念願を果すべく角川文庫を発刊する。これまで刊行されたあらゆる全集叢書文庫類の長所と短所とを検討し、古今東西の不朽の典籍を、良心的編集のもとに、廉価に、そして書架にふさわしい美本として、多くのひとびとに提供しようとする。しかし私たちは徒らに百科全書的な知識のジレッタントを作ることを目的とせず、あくまで祖国の文化に秩序と再建への道を示し、この文庫を角川書店の栄ある事業として、今後永久に継続発展せしめ、学芸と教養との殿堂として大成せんことを期したい。多くの読書子の愛情ある忠言と支持とによって、この希望と抱負とを完遂せしめられんことを願う。

一九四九年五月三日